Bodo Kirchhoff

Wer sich liebt

Suhrkamp Verlag

Erste Auflage 1981

Druck: MZ-Verlagsdruckerei GmbH, Memmingen
Printed in Germany

WER SICH LIEBT

In WER SICH LIEBT begegnen sich mehrere Personen, am Rande eines literarischen Ereignisses, in einem Kongreß- und Freizeitzentrum. Mehr oder weniger Zugehörige im Hinblick auf ihre unterschiedlichen Beziehungen zu abwesenden Berühmtheiten – zum Imaginären.

Ludger ist Schriftsteller und fühlt sich selbstverständlich nicht wohl; Astrud ist Kulturredakteurin und möchte auf Distanz gehen; Margit sammelt Autogramme und will mehr als nur die Namenszüge; der Verleger Mayer-Lay glaubt sich von einem abgewiesenen Autor verfolgt; seine Tochter Frederike recherchiert für ein Buch über Folter; Werner, sein Leibwächter, wirft ein Auge auf Margit; Vera erteilt Lebensrat; Friedhelm ist ihr Begleiter; eine Bedienung erkundigt sich nach Wünschen. Dazwischen treten hin und wieder zwei schwarze Asylanten in Erscheinung sowie Dieter, Ingrid, Klaus und Petra, die über Tennis reden.

Die Unterhaltungen, Gespräche und Szenen, die sich aus den laufenden Begegnungen ergeben, sind Variationen über ein Begehren nach demselben, Variationen über das Konservative; sie ergänzen sich in einem Text, der immer wieder auf eine Komödie zusteuert.

LUDGER »*Anweisungen für Schauspieler und Regisseure, die alle Zweideutigkeiten verhindern, zeigen nur die Angst des Autors, falsch oder gar nicht verstanden zu werden. So sieht man auf der großen Bühne – nach den kleinlichen Vorschriften Ludger Möncks –*«, das bin doch nicht ich!
ASTRUD Weiterlesen.
LUDGER Ein gutes Dutzend Leute benoten.. was ein paar Hundert Leute einmal pro Jahr, mehr oder weniger gut verschlüsselt, über ihr Befinden mitzuteilen haben, und ein paar Tausend Leute, höchstens..
ASTRUD Was soll das jetzt?
LUDGER Die nicht einmal ein Fußballstadion füllen könnten.
ASTRUD Weiter. Vorlesen.
LUDGER »*.. eine Art Wandelhalle, in der Menschen herumstehen oder umhergehen – einzeln, paarweise oder zu dritt – und eine Zeitlang durcheinanderreden. Dabei kommt es immer wieder zu Umgruppierungen, sobald irgendwo eine Person hinzutritt, die für einen sich im Gespräch Befindenden offenbar von größerem Interesse ist als ein bisheriger Partner. Dieser hat dann auszuscheiden und nimmt woanders Kontakt auf. Muß man bei solchen seltsam-schönen Bildern noch an die Stücke von Wegeleben denken*«, – von Wegeleben, mein Gott..
ASTRUD Weiter.
LUDGER »*So wird man spätestens nach den ersten halbwegs zusammenhängenden Sätzen an die Sinn-*

feindlichkeit dieses Autors erinnert. Statt Charakteren zeichnet Ludger Mönck Figuren, statt des Schicksals«, des Schicksals.. mein Schicksal ist der Ölpreis, *»bringt er den Zufall ins Spiel«*, bitte.. Es gibt hier nicht dieses geistige.. Wo ist eigentlich Mayer-Lay?

ASTRUD Gottes willen!
LUDGER Kommen Sie, Kopf in den Nacken.
ASTRUD Sich irgendwo gestoßen?
MARGIT Iwo. Aus heiterem Himmel.
ASTRUD Wollen Sie nicht lieber ein Taschentuch?
LUDGER Kann ich Sie wohin bringen?
MARGIT Bringen Sie sich doch bitte nicht um meinetwegen, ich bitte Sie, bitte..
LUDGER Sagen Sie mir, wohin..
MARGIT Hier geht man sowieso so leicht verloren, oder haben Sie nicht das Gefühl? Oder habe ich Sie jetzt beide..
ASTRUD Kein Taschentuch?
MARGIT Ich habe doch alles.. da drin.
LUDGER Sie sollten sich vielleicht hinlegen.
MARGIT Blödsinn.. Ich wollte mich ja auch mal unter die Leute stürzen, kennen Sie Spielmann, ich meine persönlich? Oder kennen Sie Richard Trost? Ist denn mein Papier..?
LUDGER Ich bringe Sie..
MARGIT Das höchste der Gefühle ist, daß ich mich setze. Oder kennen Sie Spielmann?
ASTRUD Das haben Sie schon gefragt.
MARGIT Ich wiederhole mich und merke es gar nicht, das gibt es.. ja nicht selten.

Astrud Wirklich kein Taschentuch?
Margit Geht doch schon hier mit, keine Scherereien, Taschentuch würde auch nie wieder sauber werden, Blutflecken sind die allerschlimmsten.. sonst immer Klopapier dabei.
Bedienung Einen Wunsch?
Ludger Möchten Sie etwas?
Margit Fragen Sie mich? Ich möchte eigentlich nichts.
Ludger Astrud, Sie?
Margit Und ich dachte, Sie gehören zusammen, ich hätte schwören können, Sie sind liiert oder heißt es, Sie seien, ich glaube.. Ich glaube..
Ludger Ihre Nase wieder gut?
Margit Hat sich wieder beruhigt.
Astrud Nur ein Äderchen geplatzt..
Margit Könnte aber noch was nachkommen.
Ludger Haben Sie das öfter?
Margit Einmal im Jahr.. Ich bin jedenfalls kein Nasenblutertyp, ich laboriere da nicht, ich kann mich eigentlich nicht beschweren. Ich bin sowieso kein Mensch.. der sich so gerne beschwert. Ich bin eigentlich ein ziemlich gesunder Typus, Nasenbluten ist ja nicht ungesund. Glauben Sie nicht..
Wenn Sie mich nicht zufällig gesehen hätten.. Sie ja gar nichts bemerkt, wenn Sie mich nicht gesehen hätten. Das ist ja nun mal nicht zu verbergen, wenn es einem aus der Nase kommt, einmal im Jahr. Die übrigen dreihundertvierundsechzig Tage passiert so was nicht, so ein Gespräch allein.. Wie's mir geht, wie's mir nicht geht, reicht schon, daß Sie das mitange-

sehen haben. Steht da eine und blutet, also dankeschön.
Sie haben natürlich nichts zu danken, ich habe zu danken, für Ihre Hilfe. Ich bin ja auch schon wieder aufm Damm, ich.. Ich bin ja ungezogen, platz hier so herein.
LUDGER Absolut nicht. Reden Sie ruhig weiter.
ASTRUD Bitte.
MARGIT Wenn Sie wissen möchten, was ich hier verloren habe.. gar nichts. Das heißt, ich bin nicht unbedingt im Literaturgeschäft, ich sammle Autogramme, unter anderem. Ich bin unter anderem hier, weil ich Autogramme will. Also keine besondere Notwendigkeit, daß ich hier anwesend bin. Autogramme sammeln ist ja etwas Überflüssiges.
Aber ich hab schon als Kind damit begonnen. Und bin dann einfach geblieben dabei. Sturheit. Oder immer noch derselbe Wunsch.. nach Demselben, ich hab auch immer noch dasselbe Autogrammbuch, hier.. Erste Autogramm gab mir mein Vater. Aber das andere sind alles Bekannte. Manche Leute schreiben ja auch mehr rein, ich bin eigentlich darauf aus, daß jemand mehr reinschreibt, hinter seinen Namen. Richard Trost hat mir im letzten Jahr zum Beispiel, sehen Sie..
LUDGER Ihr Löschblatt..
MARGIT Nein. Ich möchte nicht, daß Sie sich ekeln.
LUDGER Sie dürfen sich nicht bücken.
MARGIT Jedenfalls hat das Löschblatt jetzt ausgedient.
ASTRUD Sie haben also nichts mit Büchern zu tun..

MARGIT Hier laufen ja auch welche in Sportsachen rum, die haben sich ja wahrscheinlich völlig verirrt.

LUDGER Sie können hier Tennis spielen, schwimmen, alles..

ASTRUD Sind Sie also ganz privat hier.

MARGIT Bin ich also was?

ASTRUD Eine Vergnügungsreisende.

MARGIT Finden Sie? Das klingt so stichhaltig, wenn Sie das sagen. Ich habe nichts zu tun hier, also bin ich eine Vergnügungsreisende. Ich habe Nasenbluten, also bin ich Dasunddas. Ich denke Wasweißich, also bin ich Wasweißich. Ich hasse rote Beete, also bin ich.. habe Krebs, also bin ich..

ASTRUD Ich wollte Sie nicht festlegen.

LUDGER Ihr Löschblatt.

MARGIT Jetzt haben Sie sich aber doch geekelt, das wollte ich nicht.

ASTRUD Ludger, haben Sie sich geekelt?

MARGIT Dann bring ich das mal weg am besten, vielleicht sehen wir uns ja später noch, waren Sie schon im Erodrom? Sie sind ja sicher auch noch länger da.

ASTRUD Gute Besserung.

LUDGER Sie müssen uns dann mal Ihr Büchlein zeigen.

MARGIT Sie sind ja auch kein Unbekannter, ich komm auf Sie zurück! Und nicht von mir erzählen!

LUDGER Keine Angst..!

MARGIT Wenn ich nicht dabei bin..!

LUDGER Wie ich diesen Rummel hasse.

ASTRUD Sie werden auch von Mal zu Mal empfindlicher, Sie haben mich auf eine Weise begrüßt.. als ob Sie inzwischen durch eine Hölle gegangen wären. Geschieht denn wirklich so viel Schlimmes, während wir beide uns nicht sehen? Seien Sie ehrlich, es geschieht überhaupt nichts. Bestimmt nicht mehr als in Ihren Stücken. Bei Ihnen. Höchstens mal so ein Totalverriß.

Nee, aber ich begreife das nicht, oder ist jemand gestorben? Auch nicht, also was wollen Sie? Den Durchbruch.. Gehen Sie doch zurück zu Mayer-Lay, die machen nun mal schöne Bücher. Oder fühlen Sie sich hier nicht wohl? Ich mag das, wenn alles unter einem Dach ist, ich ertrage auch den Rummel einmal im Jahr, Sie sind doch aus der Schußlinie hier. Ich gehe da nicht rein, um Gottes willen, wirklich nicht mehr. Buffet soll auch nicht mehr so doll sein.

Oder gibt es immer noch Probleme mit mir? Bin ich zu unfreundlich, soll ich mich verstellen? Über unser dreinächtiges Liebesverhältnis ist Gras gewachsen. Finde ich. Ich bin deshalb auch ein bißchen.. steif, immer noch.. schwierig, und so ein ausgesprochener Problemfanatiker sind Sie ja wohl kaum. Nichts Genaues weiß man nicht, also spekulieren, ja? Mal sehen, was sie macht, wenn ich von Liebe rede.. Hab ich recht?

LUDGER Wie geht es Bärlein?

ASTRUD Ich wollte ihn operieren lassen. Man kann die Augenform jetzt neuerdings korrigieren und den Mund. Aber es stände nicht mehr dafür, hat man mir

mitgeteilt. Er sei jetzt schon im Greisenalter sozusagen. Hier.
LUDGER Du bist..
ASTRUD Überschlage dich nicht. Hier.
LUDGER Ich möchte das nicht sehen.
ASTRUD Er wird immer abstoßender, ich hätt's mir gewünscht, daß er sich noch einmal anders erlebt. Ich hätte mir das wirklich gewünscht, im Ernst. Guck ihn dir an, ich muß für ein paar Minuten rüber..!
LUDGER Machst du das Buch über ihn..?!

I.2

BEDIENUNG Einen Wunsch?
DIETER Ja.. Ein Bier, du auch? Zwei Bier. Und ihr? Gin Tonic? Gin Tonic. Und zwei Gin Tonic. Was denn?
INGRID Oder war das jetzt ironisch gemeint?
DIETER Ach..
KLAUS Ich hab doch sonst ne Irrsinnsrückhand.
DIETER Was soll's.
INGRID Oder wie war das gemeint?
PETRA Jetzt wart halt mal..!
MARGIT Entschuldigung.
PETRA Bitte?
MARGIT Ich hab Sie doch gestreift eben.. Haben Sie gar nicht gemerkt. Kann man hier auch Tennis spielen, hier kann man alles, wie.. Sie gehören ja auch nicht zu dem Kreis hier oder?

PETRA Wart jetzt doch halt mal!
MARGIT Verbringen das Wochenende hier..
PETRA Ja.
MARGIT Ich bin schon eigentlich mehr wegen morgen da, Wiedersehen.
KLAUS Jetzt komm halt auch..!

MARGIT Wollen Sie mir sagen, ob der Herr.. der da eben geflüstert hat mit Ihnen, vielleicht Hans-Georg Spielmann ist?
WERNER Nein.
MARGIT Passen Sie auf ihn auf? Sieht so aus.
WERNER Bitte gehen Sie weiter.
MARGIT Sie reparieren hier doch nicht wirklich was, Sie sind doch kein richtiger Handwerker.. Seh ich..
WERNER Gehen Sie bitte weiter jetzt.
MARGIT Ja schon gut.. Entschuldigung.. daß ich geboren wurde.

LUDGER Hallo, ich dachte, Sie seien schon weg, wie geht es Ihrer Nase? Ich habe mich vorhin ja nicht bekanntgemacht, das tut mir leid, ich war so überrascht von Ihrer Autogrammgeschichte, warum gibt es das heute kaum noch? Ein recht bekannter Schauspieler erzählte mir kürzlich, in den letzten drei Jahren hätte er ganze zwei Autogramme gegeben, niemand würde mehr am Künstlereingang warten, aber woran mag das liegen? Weil's keine richtigen Rampenhuren mehr gibt.. keine Ahnung. Wofür interessieren sich die Leute? Was sind das.. überhaupt für

Leute? Wer geht ins Theater, wer liest Bücher, ich kenne meine Leser nicht, ich habe noch nie einen zu Gesicht bekommen, einen stinknormalen Bucherwerber.

MARGIT Wer war dieser Schauspieler?

LUDGER Wer dieser Schauspieler war.. Augenblick..

MARGIT Gerhard Breinlinger?

LUDGER Nein, Breinlinger war's nicht. Ich komme im Moment nicht drauf. Breinlinger jedenfalls nicht, wo gehen Sie hin?

MARGIT Ich schau mal nach drüben.

LUDGER Ahja.

MARGIT Wollen wir zusammen einen Salat anmachen?

LUDGER Oh, ich hasse Salat.. Das ist lieb. Aber jetzt wissen Sie immer noch nicht..

MARGIT Wie Sie heißen? Ach, das macht doch nichts, das kann ich mir doch denken..!

2.1

MAYER-LAY Wunderbar, herrlich, dankeschön, dieser Mensch hat wirklich alles, ganz unglaublich.. sich so alles auf diesem Wagen befindet, den könnten Sie um alles bitten.. na aber fabelhaft. Herr Ehle..

FRIEDHELM Behle. Wie der verschwundene Rennläufer. Neunzehnhundertachtzig.. bei den Olympischen Spielen, im Winter.. der Langlaufläufer, der abhandengekommene.

MAYER-LAY Sie haben auch nicht meine Frau gesehen? Entführt oder was? Wo ist denn meine Frau? Gerade heute, Prosit.. hätt ich ihr mal was zu sagen. Wo ist denn die Ihre geblieben?

FRIEDHELM Vera hat sich etwas hingelegt.

MAYER-LAY Frauen ziehen sich zurück und sind im Gespräch. Sie sollten sie überreden, noch so einen Ratgeber zu schreiben, das war der erste literarisch wirklich hochstehende Ratgeber. Wie lange leben Sie schon zusammen, Vera und Sie, ich habe Sie noch nie zusammen gesehen, aber sie hat mir von Ihnen erzählt, soweit ich weiß, übrigens.. Sie wissen, daß es nicht ganz ungefährlich ist in meiner Nähe, ein abgewiesener Dichter möchte sich rächen an mir, droht mir in langen Briefen.

FRIEDHELM Tatsächlich..

MAYER-LAY Jetzt erinner ich mich aber doch, kann es sein, daß wir zwei uns neulich erst gesehen haben, Kanzlerfest? Waren Sie da? Die Ihre war ja da, wir haben ja gesprochen dort.. Und Sie auch, hab ich Sie gesehen da?

FRIEDHELM Ausgeschlossen.

MAYER-LAY Konnten da wieder Dinge erleben, Reinhart Kniep, ein Begriff? Der kleine Kniep, nichts im Kopf als hier, kennt nur eine Unterscheidung.. Meine Tochter, Gott sei Dank.

FRIEDHELM Ich freue mich..

MAYER-LAY Meine Tochter Frederike.. und der abtrünnige Ludger Mönck, wie geht es Ihnen? Kennen Sie.. den Lebensgefährten, ist das richtig? von Vera Rüth?

LUDGER Achja.
FRIEDHELM Ich freue mich.
MAYER-LAY Und?
FREDERIKE Es gibt eine Schildkrötensuppe und anschließend Seezungenfilets.
MAYER-LAY Großartig, dankeschön, Sie ist mein Gedächtnis, Frederike. Ich vergesse alles, ich verlege alles, scheußlich. Ich erzählte grad von Kniep, kommen Sie doch zu uns, bitte.. Wie gesagt von Kniep, der kennt nur eine Unterscheidung: leichter Stoß – schwerer Stoß. Stellen Sie sich vor, kennen Sie die Geschichte? Letztes Kanzlerfest, ich hol mir morgens meinen Mantel, und wen sehe ich hinter der Garderobe auf einer mir nicht unbekannten Dame? Kniepen, der mich angrinst und mir zuruft: *»Schwerer Stoß«*, ist das gut?! Wann muß ich drüben sein?
FREDERIKE Um sieben.
MAYER-LAY Ich lasse Kniep immer lesen bei mir. Die Autoren kriegen rote Köpfe, wenn sie aus ihren Sachen lesen. Reinhart Kniep macht aus allem ein Stück Weltliteratur. Kennst du die beiden? Da drüben..
FREDERIKE Nein.
FRIEDHELM Schwarzafrika. Machen Sie doch auch jetzt einiges..
MAYER-LAY Na aber selbstverständlich, zuletzt ein Märchenbuch gemacht, dir nicht bekannt die beiden..
FREDERIKE Nein.

LUDGER Sie begleiten Ihre Frau..
FRIEDHELM Wir reisen zusammen, kennen Sie sich?

Kennen Sie Vera? Da kommt sie, passen Sie auf.. Sie sehen nämlich jemandem ähnlich. An wen erinnert dich dieser Herr?
VERA Was weiß ich, zuerst mal guten Abend.
MAYER-LAY Meine Liebe.
FRIEDHELM Natürlich weißt du es, Stockholm..
VERA Nein.
FRIEDHELM Der erste Sommer nach dem Krieg, das Foto auf deinem Schreibtisch.. Carl Ratberg.
MAYER-LAY Der alte Carlos..
VERA Nein.
FRIEDHELM Aber natürlich, die Nase, genau.. Schau ihn dir in Ruhe an.

MAYER-LAY Die Sonne geht auf.
ASTRUD Wie immer – unverändert – Rudolf Mayer-Lay.
MAYER-LAY Grüß Sie Gott, ich möchte einmal Ihren Blick erleben, wenn man Sie zum Schmelzen..
ASTRUD Wenn Sie mich zum Schmelzen bringen, gibt es nur noch Ihren Blick, wo schauen Sie hin? Werden Sie schon wieder bedroht? Guten Abend.
FRIEDHELM Behle.
MAYER-LAY Sie ist schön, sie ist klug, fast hätte ich gesagt, Sie blenden mich mit Ihrer, und sie ist unverschämt.
FRIEDHELM Eine lächerliche Ähnlichkeit mit Carl Ratberg, was sagen Sie?
ASTRUD Ludger Mönck und Carl Ratberg.. in einem Zug..
MAYER-LAY Ich habe Carlos schon gekannt, als er

noch gar nicht daran gedacht hat, zu schreiben. Sie wissen, daß er vorher gemalt hat? Ich habe ihn aus seinem Dornröschenschlaf geweckt, oder kann man so was nicht sagen?

ASTRUD Doch.. Doch, doch.

FRIEDHELM Schau ihn dir bitte ganz genau an.

BEDIENUNG Einen Wunsch?

MAYER-LAY Dieser Mensch hat alles, was das Herz begehrt, was darf ich Ihnen kommen lassen?

VERA Ich möchte gar nichts. Wir sind uns aber doch schon mal begegnet, helfen Sie mir..

LUDGER Ja..

MAYER-LAY Und Sie? Auch zu gar nichts Lust? Natürlich nicht, die Dame hat keine..

ASTRUD Was heißt hier natürlich?

VERA Wo war das nur..

ASTRUD Die Lust ist was ganz und gar Unnatürliches.

MAYER-LAY Nein.. das ist gräßlich, gehen Sie weg.. gräßlich intelligent.

FRIEDHELM Er sieht ihm ähnlich.

VERA Ich weiß nicht, was du siehst.

FRIEDHELM Fällt dir das denn gar nicht auf, ich sehe doch, was ich sehe, du kannst mich doch nicht so, das fällt einem doch auf den ersten Blick auf, das geht mir doch nicht nur alleine so. Ich bilde mir doch hier nicht irgend etwas ein, da kommt doch niemand dran vorbei, das ist doch ganz.. Au..

VERA Dein Kopf..

Komm, komm, komm, komm, komm, bitte, setz dich da hin, eine kleine Zyste im Gehirn, die platzen kann,

jede Aufregung ist Gift, komm, komm, bitte, setz dich.
MAYER-LAY Ja gar nicht schön so was.

LUDGER Jetzt hab ich es. Wir haben uns im letzten Jahr, hier, an dieser Stelle, am Abend vor der Verleihung an Trost, schon einmal ganz kurz unterhalten, ich glaube, über Ernst Vigo, nein, warten Sie, falsch – nach dem Empfang für Balinger.. haben wir ein paar Worte gewechselt, Sie haben mich gefragt: Kann man da hingehen morgen, nein: Muß man da hingehen, haben Sie mich gefragt, nach dem Empfang für Balinger beziehungsweise kurz vor der Lesung von Valentin Bronski, erinnern Sie sich..? Nach der Balingersache.
VERA Ja, ja, ja, ja, ja, ich entsinne mich.. jetzt sogar sehr genau. Er hat gar nichts von Carl Ratberg.
MAYER-LAY Von Carlos? Nicht die Spur.
VERA Daß mir das entfallen war.. Wie einem so etwas entfallen kann. Mir fällt doch sonst jedes Gesicht sofort wieder ein, lassen Sie sich ansehen..

ASTRUD Geht es Ihnen besser?
FRIEDHELM Sehen Sie sich mal meine Hände an.
MAYER-LAY Übrigens.. ich habe Hans Balinger ja erst vor kurzem gesehen, er hat sich ja völlig zurückgezogen. Tut ja gar nichts mehr, schreibt kein Wort. Macht überhaupt nichts, liest keine Briefe, geht nicht mehr raus, sitzt nur noch am Fenster und schaut. Aber ganz ganz scheußlich, nicht wahr, seit er drüben ist, seit er hier ist. Wäscht sich auch gar nicht, nichts. Ich

weiß auch gar nicht, was er denkt, das heißt, ich weiß es schon, Görler sagte neulich zu mir: *»Wenn ich so dächte wie Balinger, möchte ich lieber tot sein.«* Da haben Sie's.
VERA Ein sehr, sehr armer Mensch. Ich habe ihn vor Jahr und Tag mal besucht.
MAYER-LAY Balinger kenne ich schon, ich weiß es gar nicht, ach..
FREDERIKE Seit vierundsechzig.
MAYER-LAY Ja richtig, vierundsechzig, als *»Talfahrt«* erschien.
VERA Wissen Sie, daß ich verwandt bin mit ihm.. Um tausend Ecken..
MAYER-LAY Aber keine Blutsverwandtschaft, keine Gefahr, daß Sie auch schwermütig werden, das ist doch wie eine Seuche in jüngster Zeit, Telegramm von Georg Spielmann: *»Der Himmel hängt tief.«* Also keineswegs sicher, daß er überhaupt erscheinen wird. Georg bringt es fertig und erscheint nicht, Knall und Fall.
LUDGER Wie ich ihn kenne, kommt er.
MAYER-LAY Sie kennen ihn.. Ach ja.. Überall dabei, dieser Ludger Mönck, kennen Sie auch die Frau dort hinten?

MARGIT Oh..
LUDGER Treiben Sie denn?
VERA Sie ist hingefallen.
FRIEDHELM Ist Ihnen nicht gut?
ASTRUD Ist denn los?
FRIEDHELM Oder nur gestolpert?

VERA Das war schon ein richtiger Fall.
MAYER-LAY Wer ist die Frau?
FREDERIKE Ich kenne sie nicht.
ASTRUD Wehgetan?
LUDGER Ihre Nase in Ordnung?
VERA Nichts gebrochen.. was?
MAYER-LAY Vielleicht könntest du sie fragen..
FREDERIKE Wie heißen Sie?
MARGIT Margit.. Schleusner.
MAYER-LAY Schleusner..
VERA Margit, Sie sind gefallen.
MARGIT Eingeknickt.
VERA Ich wäre mir da nicht so sicher. Das sah wohl doch schon mehr nach etwas anderem aus. Vielleicht sprechen wir mal drüber.. wenn Sie das wollen. Muß ja nicht jetzt sein und hier. Man fällt nicht einfach ohne Grund.
FRIEDHELM War jedenfalls ein Schreck.
MAYER-LAY Der Fall damit geklärt? Na großartig, dann schlage ich vor, was ist denn..? Achso. Ja, ja. Ja, das glaube ich auch.
ASTRUD Was flüstern Sie mit Ihrer Tochter? Keine Geheimnisse.
MAYER-LAY Gönnen Sie es uns, ich schlage vor, daß wir hinuntergehen, schließen Sie sich an?
ASTRUD Ludger.. wie ist das? Riskieren Sie mal was.
LUDGER Ich möchte eigentlich gehen.
MAYER-LAY Fragen Sie hier, wenn Sie wollen, jeder möchte eigentlich gehen. Wie ist das mit Ihnen? Sie sollten das auch mal versuchen.
VERA Wir schauen Ihnen zu. Wir haben ja doch noch

nie gespielt. Sie bleiben aber besser noch sitzen, wir unterhalten uns dann später.
FRIEDHELM Vera ist eine große..
MARGIT Viel Spaß.
LUDGER Aber ich muß mich noch in Ihr Büchlein eintragen!
MARGIT Aber mehr als nur Ihren Namen..!
LUDGER Das sagen Sie so..!

2.2

ASYLANT EINS endemin aleh wodaje?
ASYLANT ZWEI egziabiher imesgen dehina nengy antes betesebih dehina newey?

MARGIT Was sind 'n das für welche?
WERNER Schwarze.
MARGIT Die haben ja wahrscheinlich hier auch nichts zu tun, noch weniger als Sie und ich.
WERNER Gehen Sie bitte weiter.
MARGIT Sie haben doch ein Auge auf mich, geben Sie es doch zu. Wir können uns ja mal unterhalten.. Keine Lust? Jeder ist anders veranlagt. Ich träume zum Beispiel fast immer dasselbe, von einem Mann mit einer Baßgeige. Hoffentlich ist meiner Brille nichts passiert.. als ich da eben hingeknallt bin, haben Sie's gesehen? Auch schon wieder paar Minuten her.
Alles noch ganz. Ich bin weitsichtig. Wenn ich kurzsichtig wär, würd ich vielleicht Kontaktlinsen tragen.

Aber wissen Sie, was ich glaube? Daß Kontaktlinsen eine Spiegelwirkung haben.. und man seine Augenhöhle sieht. Eine Brille ist auf jeden Fall sinnvoller. Was mich interessiert: Wie haben Sie sich als Kind die Seele vorgestellt? Durchsichtig?

WERNER Waren Sie schon im Erodrom?

MARGIT Nein, aber erzählen Sie mir vielleicht davon, oder erzählen Sie mir von sich, aber bitte nicht gleich alles, vielleicht nur mal, wie Sie heißen, Sie kriegen dann auch was von mir, Adresse, Telefonnummer.. ist doch gar nicht so schlecht. Hier, bitte. Und jetzt sind Sie an der Reihe.

WERNER Werner. Viktor.

MARGIT Viktor.. mit Nachnamen? Werner Viktor.. Gloria Viktoria widdewiddewittjuchheirassa, kennen Sie das? Nie gehört.. Macht nichts, ich muß jetzt sowieso mal los, zu meinen Bekannten.

WERNER Schauen Sie mal.. Ich habe Kontaktlinsen. Und bin sehr zufrieden.

MARGIT Sie können so was eben gebrauchen!

WERNER Und was heißt das dann?

MARGIT Daß Sie's halt verwenden können..!

3.1

FREDERIKE Er hat mir ja seine ganze Familie gezeigt, die ganzen Kinder, alle furchtbar dünn, nicht am Verhungern, aber trotzdem. Und dann seine Frau, die noch an den Teufel glaubt, du kannst es dir nicht

vorstellen, und er hat mir ihre ganzen Narben gezeigt, die ganzen Oberschenkel übersät, einfach Zigaretten ausgedrückt dort. Furchtbare Narben, kurz und gut: Ich habe immer wieder gebohrt, schreiben Sie doch endlich mal darüber, hab ihn eingeladen hierher, aber da ist gar nichts zu machen. Er bliebe bei seinen Gedichten, fertig. Ich hab natürlich Bilder.
MAYER-LAY Gut, das ist gut, wir nehmen das dann auf jeden Fall rein. Das war dann alles, ja? das war's. Weißt du.. was mir klargeworden ist: Dieses verhinderte Genie, das mich erschießen will, das ist kein Mann. Das ist kein Mann, solche verrückten Ergüsse stammen von keinem Mann.
Schreibt er denn noch viel?
FREDERIKE Unser Indianer? Ja.. Ja, ja.. Ohja.

3.2

DIETER Frau zum Stripteasebarbesitzer und sagt, ich würde gerne auftreten hier..

VERA Ich habe wirklich keine Lust..! Schau, bitte, laß mich, mach alleine weiter.

DIETER Zieht sich also aus vor ihm, und was muß der Stripteasebarbesitzer sehen? Daß sie nur eine..

VERA Ich möchte mal ohne dich sein!

Dieter Und sie darauf zu ihm: Ja, ich will ja auch nur halbtags arbeiten hier.

Vera Wo spielt man hier denn eigentlich Tennis?
Dieter Oben. Auf dem Dach.
Vera Ist das nicht zu kühl?
Klaus Da oben? Da ist eine Halle. Auf dem Dach.
Vera Achso ist das.. ist ja enorm.. Tennis.. ist ja jetzt nicht mehr so eine Luxussportart, ich weiß nicht, ob Sie diese Untersuchung kennen, die im Auftrag der Universität Passau gemacht worden ist, vor einem Jahr.. Nein? Also jedenfalls ist Tennis heutzutage sehr verbreitet.
Dieter Ja.
Vera Das ist eine sehr interessante Untersuchung.
Klaus Stand mal im *»Spiegel«*.
Vera Ja, ja, im *»Spiegel«*, genau.. Wiederschauen.

Margit Hier bin ich.
Vera Margit.. Stellen Sie sich vor, wir haben gewonnen, nicht ich, aber Friedhelm. Wie geht es Ihnen? Sie hätten lieber sitzen bleiben sollen.
Margit Iwo. Ich habe jemand kennengelernt. Jemanden..
Bedienung Einen Wunsch?
Vera Was möchten Sie?
Margit Am besten vielleicht.. das gleiche wie Sie.
Vera Also dann zwei Espresso. Und nun erzählen Sie mir, wen Sie kennengelernt haben. Wenn Sie möchten.
Margit Da kommt ja Ihr Mann.

VERA Mein Mann ist gut, ich hatte dich gebeten..
FRIEDHELM Ich hätte das sonst mit tödlicher Sicherheit alles wieder verloren.
MARGIT Dann gehe ich jetzt mal.
VERA Aber wieso?
MARGIT Wieso, wieso.. Das ist doch eigentlich klar, Sie haben doch jetzt was zu besprechen, und dann wird ja nur wenn ich weggeh.. sozusagen eine Zweierszene möglich, stimmt's? Eins, zwei, drei, und jetzt muß einer weg, damit hier eine Zweierszene möglich wird, so ist das doch..
VERA Im Theater.
MARGIT Nein, das ist wirklich so. Sie können hier nie zu zweit sein, wenn ich bleibe. Ganz klar.
FRIEDHELM Wir müssen gar nicht unter uns sein.
VERA Oder sind Sie verabredet?
MARGIT Das auch.
VERA Das ist dann was anderes. Wenn sie einen Grund hat, zu gehen..
MARGIT Wir sehen uns dann ja später noch!
VERA Wir müssen nämlich noch über Ihr Hinfallen reden, unbedingt..!
MARGIT Auja..!

FRIEDHELM Du hast gehofft, ich würde verlieren.
VERA Es hätte ins Auge gehen können.
FRIEDHELM Weißt du, ich habe deine Dinge immer vorbehaltlos unterstützt. Soweit ich mich erinnere.
VERA Willst du jetzt vergleichen? Doch aber nicht im Ernst.
FRIEDHELM Doch, doch, doch. Ich vergleiche das im

Ernst, vergiß doch bitte nicht alles, ich habe dir Ruhe verschafft oder nicht? Telefonanrufe mitten in der Nacht entgegengenommen, deine früheren Patienten abgewimmelt, Selbstmorddrohungen an deiner Stelle empfangen, nicht wahr.. Ich habe dich in jeder Hinsicht vertreten, in jeder, und ich bin immer unsichtbar geblieben, vergiß das bitte nicht. Ich möchte auch mal unbescheiden sein.

VERA Wieviel hast du denn gewonnen?

FRIEDHELM Ich trage zu deinem Ansehen bei, Vera.

VERA Schau.. ich kann dich mittlerweile ertragen, so wie du bist, und ich wünsche mir nur noch, daß du dich auch jetzt nicht mehr.. Was hast du denn vor mit dem Geld?

FRIEDHELM Vielleicht kauf ich mir was.

VERA Was willst du dir denn davon kaufen, entschuldige mal, das ist doch ein Riesenbetrag. Ich wüßte gar nicht, was du dir davon kaufen könntest. Wieviel ist das denn nun überhaupt, für einen deiner üblichen Käufe ist das doch viel zuviel. Du weißt doch selber gar nicht, was du damit willst, was willst du..? Was hast du? Komm, komm, komm, denk an irgend etwas anderes, ich nehm dir das ab hier.

FRIEDHELM Das ist mein Geld.

VERA Das sind Jetons, komm, mach die Augen zu, überleg dir, was du dir kaufen willst, mach die Augen zu, ich führe dich, dort hinten steht Herr Mönck, mit der Tochter von Mayer-Lay, Ludger Mönck.. der dich so an Ratberg erinnert.. was ich überhaupt nicht verstehe. Laß die Augen bitte zu, ich möchte ihn um etwas bitten.

LUDGER Wieder der Kopf?

VERA Gleich vorbei. Ich wollte Sie ja vorhin schon um was bitten, lassen Sie sich bitte gar nicht, nur ganz kurz: Sie müssen mir unbedingt Ihr neuestes Stück zu lesen geben, ich habe gehört, Sie seien damit fertig, und wie ich Schriftsteller so kenne, haben Sie es auch..

LUDGER Ein einziges Exemplar, außerdem wollt ich grad gehen.

VERA Wir fühlen uns hier auch nicht unbedingt wohl, schauen Sie, ich zeig es keiner Menschenseele, ja, ich brauche doch mal wieder ein paar Beispiele aus der Literatur. Nur für zwei Stunden.

LUDGER Ist aber keine reine Weltschmerzsache.

VERA Ich bin sehr gespannt.

LUDGER Es dreht sich da um einen reichen Herrn, der ein Leben lang nebenbei gedichtet hat, aber nie die Anerkennung fand..

VERA Ich werde es ganz genau lesen.

LUDGER Vielleicht ein bißchen kompliziert im ersten Akt, zum Lesen. *»Der Dilettant«*, so heißt das Stück, liegt am Anfang im Bett und verhört sich..

VERA Sie lassen es mir bringen, und ich werde es lesen, und nun wollen wir Sie nicht weiter stören. Hast du dir inzwischen überlegt, was du dir kaufen willst?

FRIEDHELM Irgendeine Frühjahrskombination.

VERA Du hast noch deinen Blazer. Und die graue Hose.

FRIEDHELM Diese Jacke mit den breiten Revers.. die kann ich nicht mehr tragen.

VERA Du warst mal ganz versessen auf diese Jacke,

auf die breiten Revers. Du hast in diesem Zusammenhang sogar von einer Revolution gesprochen.
FRIEDHELM Du kannst mich nicht davon abhalten, ja?
VERA Im Gegenteil, ich möchte dir zusehen dabei. Tu mir die Liebe.

3.3

FREDERIKE In Ihrem letzten Stück gab es eine obszöne Stelle.
LUDGER Die war unumgänglich.
FREDERIKE Sie brauchen sich nicht zu entschuldigen.
LUDGER Hat es Ihnen denn gefallen?
FREDERIKE Ihr Stück? Nein.
LUDGER Aber die Stelle.
FREDERIKE Was hat denn Ihre Freundin Astrud gesagt?
LUDGER Ich bin mit Frau von Schultz nicht befreundet, warum fragen Sie?
FREDERIKE Ich hab sie gerade entdeckt, Ihre Nichtfreundin, sie ist schon wieder unterwegs mit einem Tonband.. zu Ihnen.
LUDGER Dann verraten Sie mir noch, warum Sie Handschuhe tragen.
FREDERIKE Ich denke nicht daran. Ich muß Sie jetzt auch verlassen. Ich muß zurück zu meinem Vater, wundert Sie das?
LUDGER Er ist einmalig, Ihr Vater.

FREDERIKE Sie stören nicht, wir sind fertig, viel zu tun?
ASTRUD Danke, ich bin zufrieden. Ich komm auch noch zu Ihnen, Frederike, Sie müssen mir von Ihrer Reise erzählen. Bestimmt?!
FREDERIKE Was Sie wollen..!

ASTRUD Worüber habt ihr gesprochen?
LUDGER Ich möchte dich um etwas bitten.
ASTRUD Bitte überschlag dich nicht.
LUDGER Astrud, du kannst..
ASTRUD Ich hasse das Du, wenn es keinen Grund dafür gibt, ich ertrage es nicht, Ludger, ich will nicht. Zweiundsiebzig Stunden sind kein Grund, um sich ein Leben lang zu duzen.
LUDGER Wovon wollen wir sprechen?
ASTRUD Von Ihnen. Ich nehme jetzt ein Interview auf. Glauben Sie eigentlich, daß Sie ein Schriftsteller sind oder anders gefragt: Gibt es für Sie so etwas wie ein Schriftstellerleben?
LUDGER Ich schreibe ja oder?
ASTRUD Ich meine, was bleibt, wenn man von Ihren Stücken mal absieht?
LUDGER Ich schreibe auch Prosa.
ASTRUD Von allem abgesehen, was bleibt?
LUDGER Ich weiß nicht, was das soll, ich schreibe ja doch immer auf die eine oder andere Weise, ob ich nun in einem Imbiß sitze..
ASTRUD Ja..
LUDGER Als ich sechzehn war und für Ernst Vigo, man kann schon sagen schwärmte, das paßt hier sehr

gut hin, ich hatte gerade *»Endlose Tage«* gelesen, sah ich ihn eines Tages ganz hinten in einem Schnellimbiß sitzen und ein Würstchen essen.. und plötzlich auf der Serviette etwas notieren, ich glaube, nur ein einziges Wort. Ich werde das niemals vergessen, weit und breit nichts, nur Ernst Vigo, das Würstchen und die Serviette.

ASTRUD Und das Wort und vermutlich auch ein Stift.

LUDGER Vermutlich.

BEDIENUNG Einen Wunsch?

LUDGER Nein. Nein, im Augenblick nicht.

ASTRUD Vielleicht eine Serviette?

LUDGER Sie machen sich lustig.

ASTRUD Hab ich Sie gekränkt? Ich kann mir nicht vorstellen, daß Sie noch kränkbar sind.

LUDGER So großartig kann man gar nicht werden, als daß man die Kränkungen, die einen dazu veranlassen, damit wiedergutmachen könnte.

ASTRUD Donnerwetter. Ihr eigener Gedanke?

LUDGER Astrud, ich..

ASTRUD Ich glaube nämlich nicht, daß ein Gedanke solchen Kalibers nicht schon einmal vorher gedacht worden ist.

LUDGER Ja und?

ASTRUD Aber Sie spekulieren darauf, daß man Sie für den Autor hält.

LUDGER Erstens, Stichwort Autor: Die eigentlichen Autoren meiner Sachen sind Frauen, mit denen ich gerade was hatte, ich schreibe das alles nur auf. Und woher ich das kann? Bestimmt nicht, weil ich Doktor der Philosophie bin, wer so was verbreitet, ist dumm.

Zweitens: Ich habe Talent, und ich sage das auch. Ich behaupte nicht, was ich kann, könnte jeder, das wär nichts weiter als Betrug. Der Künstler als Volksheld sollte sich schämen. Kunst ist eine Sache der Begabten. Oder? Wenn mir ein Gedanke durch den Kopf geht, der ungewöhnlich ist, dann gibt es keine hinreichende Erklärung dafür. Und deshalb kann ich auch kein Schriftsteller sein, völlig unmöglich, höchstens ein Möchtegernschriftsteller, weil ich nämlich nichts dafür kann, daß mir ungewöhnliche Gedanken kommen.
Drittens: Ich bin keineswegs genial, sondern diese übliche Mischung – ein Drittel kaputt, zwei Drittel intakt. Jede Unterschlagung von Gesundheit empfinde ich als Schweinerei. Es geht mir ganz gut, ich bin relativ normal, es reicht in keinem Fall, um verboten zu werden, leider. Dafür bin ich aber hin und wieder unverständlich. Ich meide Metaphern. Ich kenne keine heiligen Kühe.
Viertens: Ich verteidige die Position des Intellektuellen, um jeden Preis. Alles Selbstverständliche ist mir verdächtig, ausnahmslos. Zwischen dem Publikum und mir gibt es Entfernungen, die nicht zu überbrükken sind. Meine Sätze lassen sich nicht nachbeten. Ich gewähre keinen Ablaß. Wer mich nach Herzenslust verstehen möchte, den werde ich verletzen. Ich schreibe, weil ich dazu imstande bin. Wenn sich dabei Sinn ergibt – warum nicht. Modern auf jeden Fall, aber gegen die Moden. Meine Feinde sind die Oberlehrer.
Summa summarum: Ich bin zwar nicht der Aller-

größte, aber im Vergleich zu vielen ist meiner doch ein Stückchen länger, man möge es mir nachsehen.
ASTRUD Das genügt, danke.

LUDGER Wie lange wird Bärlein noch leben?
ASTRUD Zwei Jahre.. Vielleicht drei.
LUDGER Eine Schönheitsoperation wäre das Schamloseste, das will ich dir nur sagen.
ASTRUD Willst du mir das sagen.. Willst du mir ans Herz legen oder was? Wie kommst du dazu? Was tust du denn den ganzen Tag, auf dein Papier schauen, auf dein weißes, du siehst ihn nämlich nicht täglich, du siehst ihn nämlich nicht ununterbrochen, von deinem Schreibtisch aus.. den Finger auf die Wunde legen, was.. Du siehst ihn ja nicht. Er sieht nämlich immer so aus, ununterbrochen, geht das da rein? als ob er fröhlich sei, er kann nicht anders gucken, er grinst pausenlos.. grinst.. wie ein Honigkuchenpferd, selbst wenn er heult noch! Geht das da rein?! Heult und quietscht und grinst, Kasperltheater, von morgens bis abends, das ist nämlich das Schlimmste, das ist das Allerschlimmste, dieses unaufhörliche Grinsen!
So ist das nämlich. Und wenn er operiert wäre, aber das ist ja jetzt zu spät, aber wenn er operiert worden wäre, wenn das schon vor einigen Jahren möglich gewesen wäre, dann könnte er jetzt wenigstens mal traurig aussehen. Geht das jetzt hinein da?! Begreifst du das?! Ich fange an, ihn zu hassen, ich möcht ihn so lange schlagen, bis er aufhört zu grinsen, kannst du das denn nicht verstehen?

LUDGER Astrud, ich..
ASTRUD Nein bitte. Das ist jetzt genug. Das genügt jetzt, ja? Im Ernst.
LUDGER Du wirst ein aufsehenerregendes Buch daraus machen. Ich bin sicher.
ASTRUD Aus irgendeinem Grunde glauben alle möglichen Leute, du seist Ich-weiß-was. Ich glaube das nicht. Ich glaube, du bist nicht einmal mehr oder weniger.. Du bist einfach nur weniger.
LUDGER Das ist denkbar, was hast du vor? Ich hab eine Idee, wir könnten zusammen..
ASTRUD Du kannst wirklich deinem Schöpfer danken, daß dir immer wieder etwas einfällt.

4.1

MAYER-LAY Was Besonderes?
WERNER Nein.
MAYER-LAY Achten Sie vor allem auf Frauen.
BEDIENUNG Einen Wunsch?
MAYER-LAY Ja. Ich habe einen Wunsch. Ich hätt ganz gerne.. Sagen Sie, was ich Sie die ganze Zeit schon fragen wollte, ich darf Sie doch mal einfach.. Nein, ich wollte eigentlich nur wissen, wie man von hier aus.. Geben Sie mir einen Martini. Ohne Eis. Sie haben ja wirklich alles auf Ihrem Wagen, Sie könnten die ausgefallensten Wünsche erfüllen. Wunderbar, dankeschön. Nehmen wir mal an, ich hätte gerne gewußt.. Jetzt weiß ich es nicht mehr, ist das gut?!

Auf Ihr ganz Spezielles. Scheußlich, wenn man alles vergißt. Aber manchmal auch praktisch.

Aha.. Schon wieder auf den Beinen, was darf ich Ihnen kommen lassen?
MARGIT Was dürfen Sie mir kommen lassen.. Weiß ich nicht. Das weiß ich nicht, ich wollte Sie eigentlich nur etwas fragen, wenn ich darf.. Kennen Sie Hans-Georg Spielmann?
MAYER-LAY Seit einer Ewigkeit. Ich kannte Spielmann schon, als er noch gar nicht daran.. Ist das ein privates Interesse? Nehmen Sie mir's bitte nicht übel Frau Schleusner? ist das richtig? Sie sind zum ersten Mal hier, schreiben auch selber ein bißchen, unter einem anderen Namen..? Möchten Sie mir nicht verraten.
MARGIT Ich bin eigentlich mehr wegen morgen hier.
MAYER-LAY Sie wissen, daß Spielmann in einer Art Erdhöhle lebt, in der Nähe von Tigerfeld, wie der Tiger, köstlich was? Auf der Schwäbischen Alb. Aber das wissen die allerwenigsten..!
MARGIT Vielen Dank..!

4.2

INGRID Ich will mit dir reden.
DIETER Willst du was trinken?
KLAUS Hätt ihm doch sonst alle reingehauen.
PETRA Du ja sicher, normalerweise.
MARGIT Auch noch da..

Petra Hallo.
Dieter Trink doch was..
Ingrid Ich will mit dir reden. Du..

Margit Wahrscheinlich ein blöder Einfall, aber ich glaube, Sie sind sein Enkel. Schon 'ne Ähnlichkeit da, man sagt doch: Kinder schlagen nach den Großeltern. Jedenfalls sind Sie sein Leibwächter. Wovor hat er denn Angst? Darf ich sehen..
Werner Gehen Sie bitte weiter.
Margit Ach so was, ich hab zu Haus noch massenweise Heftchen, die ganz alten.. Darf ich Ihnen jetzt mal was erzählen? Weil Sie mich immer wegschicken wollen, das ist ein gutes Zeichen – immer gegen die Anziehung an. Ich träume oft von einem Mann mit einem dicken Baß. Interessiert Sie nicht. Gut. Aber meine Heftchen. Ich besitze einige Liebhaberstücke. Die kleinen rechteckigen..
Werner Alte Sigurdheftchen?
Margit Haha, jetzt wird er wach, Sie haben ja nur so neue Dinger, darf ich sehen..? Bruce Lee. Auch tot oder? Ich hab so viele Autogramme.. von Leuten, die schon tot sind.

Ach.. Gibt's das.. Ludger Mönck im Trainingsanzug dreht hier seine Runde.
Ludger Laufen Sie mit?!
Margit Komm vielleicht nach..!
Ludger Sie kriegen ja noch was von mir..!

WERNER Atmet ganz falsch.
MARGIT Sie sind sportlich, was.. Karate. Hab ich mir gedacht. Und was können Sie noch, schießen? Haben Sie eine Waffe? Ganz bestimmt. Aber so ein hundertprozentiger Leibwächter sind Sie auch nicht oder? So ein Alleskönner..
WERNER Sie glauben, ich sei primitiv, das macht mir gar nichts aus, Sie können das ruhig glauben, das glauben alle.
MARGIT Ich glaube das nicht.
WERNER Sie glauben es, ich glaube es ja auch, aber es stimmt nicht. Bruce Lee war auch nicht primitiv, wahrscheinlich lebt er noch und macht jetzt ganz was anderes. Zeichnen. Oder Lesen. Haben Sie ein Autogramm von ihm?
MARGIT Nein, aber von Heinz Rühmann! Tschüs..!

4.3

MAYER-LAY Und jetzt noch etwas Aktuelles.
FREDERIKE Heute morgen in der Rundschau, Moment.. Hier. *»Der Maler Erich F. Heuer, ein Pop-Art-Vorläufer, ist gestern, dreiundsiebzigjährig, in Braunschweig gestorben. Heuer stammte aus Bielefeld.«*
MAYER-LAY So ist das, dankeschön. Stammte aus Bielefeld, köstlich. Wo ist eigentlich deine Mutter?
FREDERIKE Du mußt Seidl anrufen.
MAYER-LAY Ja, ja, ja, richtig, ja.. Es ist doch eigentlich gar nicht merkwürdig oder.. daß über so einen

Menschen, Pop-Art-Vorläufer immerhin, dann doch zum Schluß nur noch drei Zeilen dastehen. Ich bin neulich erst in Bielefeld gewesen..

4.4

ASTRUD Bitte, haben Sie einen Mann gesehen, mittelgroß, so einsachtzig fast, dunkler Anzug, dunkles Hemd, graue Haare, nicht mehr ganz so viele, müßte hier vorbeigekommen sein, Ende dreißig, mittelgroß, schmales Gesicht, nein.. bestimmt nicht?
WERNER Nein.
ASTRUD Das kann doch nicht sein, er muß hier vorbei sein. Ein auffallender Mann, Falten hier zwischen den Augen, kräftige Augenbrauen, großer Mund, nein? Das verstehe ich nicht.

5.1

FRIEDHELM Lachen Sie nicht.
LUDGER Ich lache nicht.
FRIEDHELM So einfach ist das ja auch gar nicht, als Hobbyarchäologe an einer richtigen Ausgrabung teilzunehmen. Ich habe mich ja sehr intensiv mit den Arbeiten von Bieri befaßt. Bieri geht ja davon aus, daß bisher nur ein Bruchteil dessen, was es so zu finden gibt, auch gefunden worden ist. Und er hält die

Gegend, in der Vera und ich wohnen, also die mittlere Bergstraße, für ganz besonders reichhaltig.
LUDGER Ich kann nicht mehr.
FRIEDHELM Schon erledigt? In Ihrem Alter.. zwanzig Liegestützen schon zuviel. Wo war ich jetzt..
LUDGER Die reichhaltige Bergstraße.
FRIEDHELM Ja! ich wollte erzählen. Als ich auf unserm gar nicht so kleinen Grundstück im Frühjahr mit einer ersten Grabung begann, drohte mir Vera mit Trennung, sie liest übrigens gerade Ihr Stück. Jedenfalls haben wir dann eine Übereinkunft getroffen. Ich habe ihr versprochen, sie auch zukünftig zu ihren Vorträgen zu begleiten, das stand mal in Frage, und sie hat mir im Gegenzug gestattet, ihre ganze Natur- und Landschaftsschutzphilosophie beiseite schiebend, in einem begrenzten Umfang zu graben, es sei denn, ich würde fündig. Für diesen Fall hab ich mir das Recht von ihr zusichern lassen – das gehört ja alles ihr, der Grund und Boden – das Recht zusichern lassen, uneingeschränkt weitergraben zu dürfen.
LUDGER Sind die Chancen doch gut..
FRIEDHELM Nein, nein. Schauen Sie, ich habe einfach nicht die notwendige Energie, um tief genug zu graben und bin auch immer ein bißchen gefährdet durch meinen Kopf, je tiefer, desto aufregender, nicht.. Bieri schreibt ja, daß man wenigstens zweieinhalb Meter tief vorstoßen sollte, ehe man mit gutem oder sagen wir: mit einem nicht gerade schlechten Gewissen behaupten kann, daß die Stelle unergiebig ist. Aber man hofft eben immer. Ich habe einmal im Taunus eine Münze gefunden, einen römischen Kaiser.. Wissen Sie,

was das für ein Gefühl ist? Man erblickt plötzlich die Rückseite der Welt.. Erhabenheit, lachen Sie nicht, dieses Gefühl ist jede Anstrengung wert. Wenn ich nur die Energie besäße, tief genug zu graben, hier ist die Energiekrise, hier. Sie haben es da einfacher, Sie tippen auf einer elektrischen Schreibmaschine.
LUDGER Ein Stück zu schreiben kostet mich alles.

FRIEDHELM Ich wollte Ihre Leistungen nicht schmälern. Ich nehme ja auf meine Weise auch am kulturellen Leben teil. Ich schreibe Leserbriefe.. *»Rhein-Neckar-Zeitung«*, *»Mannheimer Morgen«*, auch schon mal im *»Spiegel«*, im *»Stern«*, unter einem anderen Namen.
R. C. Cobell, Weinheim, Bergstraße, nicht einmal Vera weiß davon, und ich bitte Sie auch, zu vergessen, was ich Ihnen hier erzähle, zu niemandem ein Wort. Zu niemandem.
Meine Briefe richten sich gegen das Irrationale. Gegen Ihre Jahrgänge, gegen eine ganze Generation, die nicht erwachsen werden will, die Wiederkehr des Ewigdeutschen.. Nietzsche. Sie sind da aber, glaube ich, doch anders.
LUDGER Meine Gefühle sind bescheiden im Vergleich zu meinen Gedanken, was halten Sie eigentlich von mir?
FRIEDHELM Sie sind ein unabhängiger Geist, ich hoffe.. die Gegner in den eigenen Reihen, deshalb stehen wir ja alleine. Ich habe manchmal Angst. Manchmal..
Es gibt ja keine Lehrer mehr, begreifen Sie? Vera, eine

wirklich kluge Frau, und so schrecklich für die Jugend, so schrecklich dafür. Eine Sechzigjährige. Aber Ihre Jahrgänge, mein lieber Herr Schriftsteller, sind die schlimmsten. Feinde der Vernunft, Feinde der Vernunft, Alpträumer, die schlimmsten Verführer, Lieblingswort: Total. Kriechen der Jugend, was soll ich sagen, hinten herein, wollen es partout nicht merken, daß sie inzwischen selbst die Alten sind, und zeigen immer noch auf uns. Ja, hab ich mir denn die Kindersprüche ausgedacht?! *»Wir wollen alles!«* Das ist doch Goebbels! dieses Aufgeputsche. Selbstverwirklichung! Für Halbwüchsige! Die verwirklichen sich und uns alle zugrunde! Und die demokratische Ordnung zerbricht, zerbricht, die sind doch alle zutiefst undemokratisch, diese ganzen Andersdenker, die haben doch vor Mehrheiten gar keine Achtung, woher auch.

Bitte, das wird doch alles gesteuert, von Ihren Jahrgängen doch, Leuten zwischen dreißig und vierzig, in den Kulturredaktionen, den Universitäten, die sogenannten Lehrer sind das, die Pfarrer, die Erzieher, die ja alle gar nicht mehr imstande sind, sich wie Erwachsene zu verhalten. Und sich aber furchtbar erregen, über uns, wenn die Jugend Steine wirft.

Ja, hat denn niemand mehr den Mut von denen, mal zu sagen: Leistet erst mal was, ehe ihr Ansprüche stellt. Mit achtzehn eine Wohnung haben wollen, das geht nicht, das muß doch jemand mal sagen, aus Ihrer Generation, aber die sind ja alle zu feige – feige, feige, feige – immer nur mit dem Finger auf uns, die da sind's, die da.

Wir werden noch schuld an allem sein, nachdem wir längst tot sind, die werden keine Ruhe geben, die werden alles kaputtmachen hier, es geht doch schon bergab, es ist doch schon gar nicht mehr aufzuhalten, meine Leserbriefe sind doch, ach.. Wir werden ein Italien werden wir, ein Süditalien, ein Schmiergeldland, vor die Hunde gehen, es bricht doch schon alles zusammen, ich hoffe nur noch, daß es irgendwie hält, solange ich noch lebe.
War dann eben die Zusammenbruchsphase Nummer zwei, durfte ich auch noch dabeisein. Davor lag eine andere Phase, davor wieder eine andere, lauter Phasen, ist doch so, aber.. ich kann ja nicht nur aus Phasen bestehen, darüber sollten Sie mal irgendwas schreiben, wir bekommen Besuch.. und Sie vergessen bitte alles, was ich hier gesagt hab, kein Wort mehr darüber. Das Fräulein Margit stößt zu uns..

MARGIT Immer noch sportlich?
FRIEDHELM Wir tun so.
LUDGER Wieder alles in Ordnung?
MARGIT Ich bin nur noch ein bißchen..
FRIEDHELM Ein bißchen mager sind Sie, kleine Frau.
LUDGER Da müssen Sie lachen..
FRIEDHELM Lachen sich ja die Seele aus dem Leib.
LUDGER Warum, was ist los?
MARGIT Meine..
FRIEDHELM Meine was?
MARGIT Meine.. meine Mutter sagte immer, weil ich als Kind so mager war, Kind, du hast Würmer!
FRIEDHELM Und das ist so lustig.

MARGIT Ach was.. Wiedersehen.
LUDGER Warten Sie, bitte..! Sie haben mich auf eine Idee gebracht, passen Sie auf, was hat Ihre Mutter genau gesagt?
MARGIT Kind, Kind, ich fürchte, du hast Würmer.
LUDGER Sie was zu schreiben da?
FRIEDHELM Vielleicht hatte Ihre Frau Mutter..
LUDGER Irgendwas zu schreiben.
FRIEDHELM Ein Schriftsteller ohne Papier und Bleistift.. wie ein Torero ohne Hasenpfote. Das war ein etwas dummer Vergleich, verzeihen Sie mir bitte, aber ich bin etwas aufgekratzt heut, ich hätte mir nie träumen lassen..
LUDGER Kind.. Kind.. ich fürchte..
MARGIT Verstehen Sie was von Träumen?
FRIEDHELM Also ich weniger, aber Vera natürlich. Aber ich konnte mir selbstverständlich im Laufe der Zeit gewisse Grundbegriffe aneignen, so wie ja Vera mittlerweile auch über Archäologie reden kann, mehr oder weniger, ich bin also nicht ganz ahnungslos, was die Traumforschung angeht, nicht wahr, im Mittelpunkt, das kann man sagen, steht ja doch die Arbeit des Traumes, also Verdichtung, Verschiebung.. Aber ich schlag vor, wir beiden Hübschen gehen vielleicht mal..
MARGIT Bekomm ich noch das Autogramm von Ihnen?
LUDGER Augenblick.
FRIEDHELM Die Muse hat ihn geküßt.
LUDGER So.. Jetzt bin ich für Sie da, also wie und was?
MARGIT Hier unten bitte. Aber noch was dazu.

LUDGER Unter Helmut Branzger.. aha. Bekomm ich keine neue Seite?
MARGIT Müssen Sie aber noch mehr dazuschreiben.
FRIEDHELM Ein kleines Gedicht.
LUDGER Da muß ich mir erst mal Gedanken machen, lassen Sie mir doch Ihr Büchlein da. Ganz unmöglich.. Na gut. Dann laß ich mir irgendwas einfallen. Fällt mir schon was ein. Wenn ich alleine bin..
FRIEDHELM Wir sind schon verschwunden, verlieren Sie mir meinen Stift nicht.
LUDGER Ich werde mich hüten.
MARGIT Aber etwas Schönes einfallen lassen..!
LUDGER Versprochen..!

FRIEDHELM Zurück zu den Träumen.
MARGIT Ich träume immer von einem Baßgeiger.
FRIEDHELM Eins nach dem anderen. Behle.. wie der verschwundene Rennläufer, wo ist Behle? Wo.. war ich, ich.. wollte grad erzählen.. Ja! Sie müssen den Traum als eine Art von Übersetzung begreifen, eine Transkription, von transcribere..

5.2

PETRA Jetzt wart halt mal!
KLAUS Noch eine Runde!

LUDGER Herzliche Grüße.. Ihr.. Nee. In der Hoffnung, daß es einmal wertvoll wird. Für Margit.. mit den allerbesten Grüßen, Ludger Mönck. In der Überzeugung.. Nee. Jedes Mehr wäre zuviel, Ihr Ludger Mönck. Schon der Name.. ist mehr als zuviel. Nie vergessen.. wie Sie plötzlich hingefallen sind. Nasenbluten ist besser als.. ein.. in.. Erinnerung an einen.. In Erinnerung an einen..

ASTRUD Memoiren?
LUDGER Mich erschrocken!
ASTRUD Wenn ich es geahnt hätte, daß du einen Trainingsanzug anhast, hätt ich dich wahrscheinlich, was hast du da? Zeig doch mal..
LUDGER Es tut mir leid mit vorhin.
ASTRUD Ich habe eben gehört, du hättest eine Komödie geschrieben, kannst du denn auch selber lachen? Versuch mal zu lachen mit deinem Gesicht.
LUDGER Es tut mir auch leid wegen damals.
ASTRUD Du warst doch sehr ausdauernd. Du warst richtig gut, es ist nie wieder so gut gegangen.
LUDGER Frauen.. denen die Penetration problemlose Lust bereitet, sind mir inzwischen verdächtig.
ASTRUD Die Penetra-was?
LUDGER Die Eindringlichkeit.
ASTRUD Ach das.. ja. Versuchst du eigentlich immer noch Lampen anzumachen, die bereits brennen?
LUDGER Ich bin nicht so eitel, wie du denkst.
ASTRUD Das wollte ich auch nicht wissen.
LUDGER Es gibt eben einen Überschuß an Antworten, an Gefühlen, sonst hätte ich mich kaum in dich..
ASTRUD Du.. hast mich verleitet, ich.. habe mich verzogen, und wir beide.. haben es verschmerzt.

LUDGER Alles ein einziges Ver, Ver, Ver.. verfallen, verleiten, verschmerzen..
ASTRUD Versprechen..
LUDGER Das vor allem, ja.. Versprechen, verlieren, verleiden.. Versäumen, verpatzen, verstellen, vermiesen, vereiteln, vergellen, vergeuden, versagen, versalzen, verschmoren, verschmachten, verwüsten, verzehren, verheeren, verstimmen, versagen, verheißen, verlieren, verlieben, verschwimmen, versprechen, verhandeln, verschmerzen, verleiden, verlieren..
ASTRUD Das hattest du schon.
LUDGER Verführen, vergessen, verhalten, verharmlosen, vergleichen, vergreifen, verachten, verallgemeinern, verbeugen, verbitten, verfluchen, verfallen, verhimmeln, vergöttern, verenden, verlangen.. Versprechen, verdenken, verbrauchen, versorgen, verhelfen, verbrennen, verhätscheln, verspielen, verspritzen, verplempern, vergeuden, verlassen, verhüten, vergleichen, verirren, verjähren, verlieren, verkennen, versinken, vertragen, verwischen, verwenden, verwenden, verwünschen, verwelken, verwaisen.. Verweisen, vertrösten, verstärken, versteifen, versteinern, verletzen, verlassen, verpissen, verfaulen, verlocken, versanden, verwüsten, verlangen, verlieben, verbleiben, versichern..
ASTRUD Ich bewundere deinen aktiven Wortschatz.
LUDGER Verschlingen, verschieben, verschieden, verscheiden, verleiden, versehren, verkehren, vermehren, verlieren, verscherzen, verschmerzen..
ASTRUD Aber es wiederholt sich trotzdem.
LUDGER Ich höre mir nicht zu. Verscherzen, ver..

ASTRUD He.. Du stehst ja in Tränen.. Oder hast du was im Auge? Zeig mal.. Was ist denn los mit dir? Ein ganz neuer Zug. Du, da hast du was, halt doch mal still, einen Augenblick lang.. stillhalten.
LUDGER Hast du mich irgendwann mal geliebt?
ASTRUD Einen Augenblick lang, ja.
LUDGER Wann?
ASTRUD Gleich..
LUDGER Wann?
ASTRUD Löcher mich nicht. So. Das war's. Eine Wimper. Spielst du eigentlich noch Tennis?
LUDGER Ab und zu. Wo gehst du hin?
ASTRUD Kannst du das? Den Ball vom Boden aufspringen lassen, indem du mit dem Schläger draufhaust?

KLAUS Komm halt jetzt.. Jetzt komm halt.. Komm halt bitte jetzt.. Komm jetzt. Jetzt komm halt bitte! Komm.. Komm jetzt halt. Du, jetzt komm halt bitte.. Komm jetzt doch halt.. Jetzt komm halt bitte.. Komm jetzt komm.. du.. Komm jetzt.. Jetzt komm halt.. bitte.. Komm..!

6.1

MAYER-LAY So viele Leute schicken mir ihr Lebenswerk oder das, was sie dafür halten, in Leder gebunden teilweise, mit rührenden Zeichnungen manchmal.. und das geht dann eben wieder zurück, mit ein

paar Zeilen, na und dann kommen eben die Drohungen, wenn man bei Mayer-Lay nicht angenommen wurde. Keine andere Adresse kann so was bewirken, nicht, da hängen ja manchmal Hoffnungen dran, unvorstellbar.. Anders ist das gar nicht zu verstehen, daß man mich jetzt sogar erschießen will. Das ist kein Witz, man will mich erschießen, ich hab Ihnen das ja schon erzählt, ich kriege Briefe und zwar von einer Frau. Derartige Racheimpulse treten eigentlich nur bei gekränkten Frauen auf. Auch was sie uns geschickt hat, spricht dafür. Gedichte.. furchtbar. Nein, und ich werde das Gefühl nicht los, daß sie hier schon irgendwo auf mich lauert, die Frage ist nur: Ist sie hübsch oder häßlich.
Es bleibt mir also gar nichts anderes übrig, als diesen jungen Mann dort zu beschäftigen. Schnellschütze und beherrscht sämtliche Kampfsportarten. Passen Sie auf. Angriff von links!

FRIEDHELM Ich habe so etwas noch nie gesehen.
MAYER-LAY Großartig, dankeschön.
FRIEDHELM Dann kann ja gar nichts passieren.
MAYER-LAY Sagen Sie das nicht, wo waren wir stehengeblieben? Bei den Schweizern.. Ich liebe meine Schweiz.
FRIEDHELM Ich kann das Buch von Bieri wirklich nur empfehlen, ja.. die Welt der Bücher. Glauben Sie an morgen?
MAYER-LAY Wie heißt das letzte Telegramm?
FREDERIKE *»Sehe dem Sonntag mit Vergnügen entgegen, Spielmann.«*

FRIEDHELM Und was heißt das?
MAYER-LAY Daß er gräßlich ist.

Kommen Sie, setzen Sie sich zu uns, Frau Schleusner, Vera, Ludger Mönck.. Gräßlich intelligent. Ich möchte mich mit Ihnen unterhalten.
MARGIT Und worüber?
VERA Jetzt gehört sie erst mal mir, wir wollten doch über Ihr Hinfallen reden, aber vielleicht irgend woanders.
Lieber Herr Mönck! Bis auf Ihren Schluß habe ich alles gelesen.
LUDGER Ja, der Schluß..
MARGIT Schon was eingefallen?
LUDGER Keine Angst. Es fällt mir noch was ein. Ja, der Schluß ist ja ein bißchen kompliziert, man weiß eben nicht, ob der Dilettant das Ganze nun durchschaut, er steht ja am Ende..
VERA Nachher, in aller Ruhe. Ich bringe das Manuskript dann mit.
LUDGER Ja bitte, ja.
VERA Schön, dann denken wir zwei jetzt mal darüber nach, warum ein Mensch so plötzlich umfallen kann.
BEDIENUNG Einen Wunsch?
MAYER-LAY Was darf ich Ihnen Gutes tun?
FRIEDHELM Sofort, wo kann ich dich finden?
VERA Ich komme dann wieder. Wie geht's denn überhaupt, kein Schwindel mehr?
MARGIT Träumen Sie auch immer vom Selben?

LUDGER Sie schauen mich so an..
FREDERIKE Wie? Ich?
LUDGER Darf ich Ihre Hände sehen?
FREDERIKE Nein.
LUDGER Vielleicht sprechen wir noch mal über diese Stelle, ich bin mir noch nicht sicher, weshalb Sie das so interessiert hat.
FREDERIKE Es hat mich gar nicht so interessiert.
LUDGER Aber Sie haben mich darauf angesprochen, das ist doch richtig?
FREDERIKE Ja, das ist eine gut geschriebene Stelle, ich bewundere Ihren Stil. Es interessiert mich gar nicht, was dort im einzelnen steht oder nicht steht. Nein, das ist einfach eine gut gemachte Sache, ruhig, nüchtern, sachlich. Sie haben sich da nicht so drin gewälzt, in diesen Dingen, sondern schlicht und ergreifend seziert. Da ist eine solche Sprachdynamik drin, die selbst mich..
Ja, die Sprache hat ja ihre eigene Dynamik, und dann eben bei Ihnen so eine auf den Punkt kommende Genauigkeit, das hat mir schon sehr gut gefallen, doch.. Ich wünschte mir, daß mit der gleichen Schärfe auch über andere bewegende Dinge geschrieben würde,über Terrorismus, seine Einmündungen in kulturelle Bereiche, über den Zusammenhang Folter in Lateinamerika und spezifische Formen der Literatur, ich arbeite an einem Buch, das wissen Sie.. Nicht, diese Schärfe der Wahrnehmung infolge verschärfter Lebensumstände, die unmittelbar körperlich einschlagen, diese Avantgarde per Körperschicksal.. ist ja auch Ihr Thema ein bißchen, aber eben auch aus der Distanz.

Es hat mich ja nicht in dem Sinne berührt, diese bewußte Stelle, sondern eigentlich auf eine äußerst angenehme Weise kaltgelassen, ja, ich glaube, es ist doch das Entscheidende an der Obszönität: daß man sie vollkommen nüchtern genießt und sich da nicht hineinverwursteln läßt, kurz und gut..
LUDGER Haben Sie sie denn genossen?
FREDERIKE Sekunde. Hast du Seidl angerufen?
MAYER-LAY Hab ich, ja.
FREDERIKE Was heißt genossen? Ihr präziser Stil hat mir schon Vergnügen bereitet.

MAYER-LAY Apropos Vergnügen: Kennen Sie hier das Bahnhofsviertel? Der alte Striptease ist tot. Einer unserer jungen Autoren erzählte mir neulich eine Geschichte, du erinnerst dich, die Geschichte mit der Frau..
FREDERIKE Er hat dort eine Frau beobachtet, die die Reste aus fremden Biergläsern trank.
FRIEDHELM Nein!
MAYER-LAY Das ist noch nicht alles.
ASTRUD Alles was?
MAYER-LAY Kommen Sie, Astrud, meine Tochter erzählt gerade eine Geschichte aus dem Bahnhofsviertel, bitte Frederike, wir alle sind..
FREDERIKE Er beobachtete die Frau eine Zeitlang und bot ihr dann irgendeinen Geldbetrag, verbunden mit der Auflage..
MAYER-LAY Halt! Jetzt erinnere ich mich auch. Aber das Eigentliche sollten Sie erraten, Sie vielleicht zuerst. Wie lautete diese Auflage, die der Frau erteilt wurde,

und wie hoch war der ausgesetzte Geldbetrag, den sie sich damit verdienen konnte?
FRIEDHELM Schwierig..
ASTRUD Ich finde das nicht gut.
MAYER-LAY Sie finden das nicht gut..
FREDERIKE Schade. Und was sagen Sie?
LUDGER Noch nichts.
ASTRUD Noch nichts..
FRIEDHELM Vielleicht.. daß sie aufsteht und irgendein Lied singt. Für zehn Mark.
MAYER-LAY Ein Lied für zehn Mark, nein.. Oh nein.
ASTRUD Ich finde das wirklich nicht gut.
MAYER-LAY So kenne ich Sie gar nicht.
FRIEDHELM Er könnte auch.. von ihr verlangt haben, daß sie ihm etwas Intimes erzählt. Für hundert Mark.
ASTRUD Ich finde es nicht richtig, daß man hier die Bestechlichkeit eines in Not geratenen Menschen zum Gegenstand irgend welcher Spekulationen erhebt.
MAYER-LAY Keine Spekulationen..
FRIEDHELM Ich mache mir Gedanken.
ASTRUD Ich gehe, kommst du mit?
MAYER-LAY Sie enttäuschen. Er soll auch noch raten..
FREDERIKE Entscheiden Sie sich.
LUDGER Es interessiert mich nicht.
MAYER-LAY So.. Also.. Gehen Sie..
LUDGER Ich möchte Ihnen etwas sagen.

VERA Sie versäumen doch hier gar nichts, lassen Sie uns doch noch einen Augenblick.. Schauen Sie, niemand fällt so ohne weiteres hin, Sie führen sicher auch

ein ungesundes Leben, so wie Friedhelm, den Sie ja kennen, der sich zugrunde richtet, der sich Gedanken macht über Gott und die Welt, er hat etwas Verbissenes, das ich andererseits liebe, aber er leidet irgendwie, ein Psychosomatiker, wie er im Buche steht, bis auf diese Geschichte mit seinem Kopf, das ist etwas Böses.
Ich gebe Ihnen mal die Adresse von unserem kleinen Verein, das ist Weinheim an der Bergstraße, Untere Klarspüle acht, Sie können mich auch anrufen dort, warten Sie.. Ich schreibe Ihnen das alles mal auf.
Sie führen ein ungesundes Leben, liebe Margit.
Das sind ja nicht nur alte Käuze, die sich heutzutage zu einer natürlicheren Lebensweise hingezogen fühlen, im Gegenteil. Die jungen Leute haben heute wieder eine Skepsis gegenüber aufklärerischen Moden und sind doch wieder von ihren Gefühlen durchdrungen, oh ja.. das Unbewußte mag das ja nicht so gerne und fordert jetzt, nach all diesen Jahren.. der Reflexion seinen Preis. Bittesehr.
Ich will ja gar nicht dramatisieren, aber die Aufklärung.. in bezug auf manche Dinge hat wie die Verseuchung unserer Grundnahrungsmittel ein Ausmaß angenommen, daß es wirklich nicht mehr von der Hand zu weisen ist, daß solche Störungen wie bei Ihnen eben auch damit in Zusammenhang stehen, womit ich andere Sachen keineswegs herunterspielen möchte, was Sie da erzählt haben von Ihrem Traum, gibt natürlich genauso zu denken, was ja nichts dagegen sagt, da es doch gerade dort, im Unbewußten,

diese große Sehnsucht gibt.. nach Erhalt. Sie können das lesen, ja? Sie brauchen nur mal anzuläuten. So. Schön. Und nun werde ich mir hier den Schluß vornehmen, von diesem dramatischen Werk.

LUDGER Ich kann Ihnen das nicht anders sagen, tut mir leid. Daneben gibt es dann noch sinnliches Begehren, und der Rest ist die Angst vor dem Ende.
MAYER-LAY Worte von Ewigkeitswert. Wo wollen Sie hin?!
LUDGER Weg..!
MAYER-LAY Auf Wiedersehen..!

FRIEDHELM Vielleicht..
MAYER-LAY Kommen Sie, raus mit der Sprache.
FREDERIKE Es bleibt unter uns.
FRIEDHELM Hat er von ihr verlangt, daß sie sich aufhängt, auf dem Klo! Für tausend Mark.
MAYER-LAY Wunderbar, herrlich, dankeschön, ganz ganz köstlich, sie hängt sich auf, und er spart das Geld, zum Piepen, das ist das Beste seit langem, ich kann nicht mehr. Geht doch schon mal vor!
FRIEDHELM Und wie war es nun in Wirklichkeit?
FREDERIKE Es gibt da keine Pointe.
MAYER-LAY Dann erfinde eine, und schau dich bitte mal nach deiner Mutter um! Ich komme nach..!
FRIEDHELM Irgendeinen Schluß wird es doch geben.

6.2

Mayer-Lay Hängt sich auf, und er spart das Geld. Was Besonderes?

Werner Mir ist nichts aufgefallen.

Mayer-Lay Ihnen ist nichts aufgefallen, so.. Keine Frau, die hier alleine herumläuft, nehmen Sie mir's nicht übel, aber es kommt doch immer wieder vor, daß einem was entgeht. Wahrscheinlich ist mir auch bereits das eine oder andere entgangen, ich bin davon überzeugt, die eine oder andere Begabung übersehen zu haben. Wissen Sie, wieviel Manuskripte wir täglich bekommen? Mehr als zehn Pfund Literatur, und da kann's dann schon passieren, daß einem eine neue Lasker-Schüler entgeht, Ihnen ist wirklich nichts..

Werner Ich habe einen Mann vorhin gesehen, der Sie beobachtet hat.

Mayer-Lay Mich beobachten so viele, was war das für ein Mensch?

Werner Groß, dünn, breite Stirn, rötliches Haar..

Mayer-Lay Feuerkopf, nein nein.. die sind harmlos. Sie müssen auch ein bißchen Menschenkenntnis haben.

Werner Aber er hat sich Notizen gemacht.

Mayer-Lay Journalist, ein Kritiker.

Werner Er hat sich aber auch umgesehen dauernd.

Mayer-Lay Die leiden alle etwas unter dem Verfolgungswahn, nein nein. Sie müssen mehr die Frauen im Auge behalten, ich verlasse mich auf Sie.

Bedienung Einen Wunsch?

MAYER-LAY Im Augenblick.. keinen bestimmten. Aber ich habe mich schon immer begeistert für Menschen wie Sie, ich hatte da stets einen Zugang, über die Mythologie, die Literatur, Sie haben doch, ich darf Sie das mal fragen, frei raus, sicherlich bestimmte Vorlieben, bestimmte Praktiken.. der Autoexzitation, bitte verstehen Sie mich nicht falsch, aber ich bin durchaus im Bilde. Das dritte Geschlecht.. ja doch einer der letzten ganz großen Mythen, kann man sagen, jedenfalls in der Literatur, aber was ist die Literatur? Doch die Kunst, etwas mit anderen Worten auszudrücken. Was redet Sie am meisten auf, was.. regt Sie auf? Herrgott! Sie haben mich überfallen.

MARGIT Jetzt treffe ich Sie endlich mal so.
MAYER-LAY Wir sind hier durchaus nicht alleine.
MARGIT Ich bin mir nämlich immer noch nicht sicher, ob Sie es nun tatsächlich sind.
MAYER-LAY Ich bin es nicht, wen immer Sie suchen. Wollen Sie was zu trinken?
MARGIT Ich will ein Autogramm von Ihnen.
MAYER-LAY Was halten Sie da in der Hand?
MARGIT Stück von einem Foto.
MAYER-LAY Von mir? Na hoffentlich nicht. Sehen Sie diesen jungen Mann dort drüben? Der wird mich jetzt vertreten, ich muß Sie jetzt leider verlassen, Sie können aber gerne noch..
MARGIT Ach, dann lieber später, wenn Sie dann Zeit haben. Und mir noch irgendwas dazu schreiben können!

Man sieht sich ja hier immer wieder, wie man sieht, ist die Reparatur jetzt beendet?

WERNER Ja.

MARGIT Und was treiben Sie nun? Jetzt langweilen Sie sich. Oder haben Sie noch paar Heftchen? Haben Sie nämlich nicht. Dann erzähl ich Ihnen mal meinen komischen Traum. Ich sitze da in einer Ecke in der Aula unserer alten Schule, und vorn spielt das Orchester unserer Stadt, und ich schaue auf den Mann mit dem Baß und stelle mir vor, daß ich mich nach der Feier heimlich, still und leise in seine Baßgeige lege.. und er mich dann davonträgt.

WERNER Was ist das?

MARGIT Das macht Sie neugierig, das hab ich mir gedacht. Ich habe nämlich eben in einer Ecke gesessen und plötzlich damit begonnen, das Lieblingsfoto von mir, das hab ich immer im Portemonnaie, da hat mich mal jemand am Schwarzsee geknipst, der Schwarzsee liegt bei Kitzbühel.. einfach zu zerschneiden. Was wollen Sie denn mit meiner Tasche, Sie können doch nicht einfach in meine Tasche schauen..

WERNER Erzählen Sie bitte weiter.

MARGIT Ach, auf einmal.. großes Interesse. Also schön. Ich wollte das Foto gar nicht kaputtmachen, sondern eigentlich nur das Wesentliche herausschneiden, was haben Sie in meiner Tasche gesucht? Will ich mal wissen.. Ich fing also an, und auf einmal ging ein kleines Stückchen vom Gesicht weg, vom Ohr, und als ich das wieder ausgleichen wollte, noch woanders ein Stückchen, so daß ich mich zu einer radikalen Lösung entschlossen habe, und das ganze Foto einfach in der

Mitte entzweischnitt, wodurch auf der einen Seite dann die unbeschädigte Hälfte war, so daß es jetzt aussieht wie ein Stück aus einer Collage, und das habe ich dann mit den übrigen Fotos, die ich immer so bei mir habe, ganz genauso gemacht, so daß aus diesem kleinen Malheur schließlich fast so etwas wie ein richtiges Kunstwerk.. werden könnte, das ich mir dann zu Hause aufhängen kann, da hängt ja sonst noch gar nichts an der Wand von mir. Sie haben mir da was rausgenommen..

WERNER Was sind Sie von Beruf?

MARGIT Meine Klorolle ist weg. Geht Sie denn das an? Ich hab da immer eine Klorolle drin, was haben Sie denn da.. unter Ihrer Jacke..?

WERNER Nicht anfassen.

MARGIT Ich hab's doch gewußt! Sie haben da was..

WERNER Wo arbeiten Sie?

MARGIT Wofür halten Sie mich? Für häßlich, dumm und unerotisch? Ich arbeite in einem Reisebüro, aber das hat nichts zu bedeuten, und jetzt will ich meine Rolle haben, warum schauen Sie denn so weg auf einmal.. was denken Sie sich denn? Wo laufen Sie hin? Sie machen mir Spaß.. drehen sich hier einfach um.

Haben Sie das gesehen? Der geht hier einfach so weg, schaut in meine Tasche und haut dann ab. Jetzt hab ich Sie schon wieder unterbrochen.. Ganz bestimmt nicht? Waren Sie schon im Erodrom? Ich geh jetzt erst mal was essen..!

ASTRUD Ich glaube zwar nicht an die Liebe.. Du wolltest was sagen.
LUDGER Ja, ich glaube zwar nicht an die Liebe, aber gebe doch zu, daß sich um die Liebe alles dreht. Das ist wie mit dem lieben Gott, den gibt's ja auch nicht und trotzdem.. immer im Spiel, die Liebe ist immer dabei, jedes Wiedererkanntwerden.. ein Stückchen Liebe, die Welt ist voll von Liebesverlangen, und wo Bedarf ist, gibt's auch Deckung, als Möglichkeit zumindest. Wo ein derartiger Bedarf existiert.
Also alles nicht so apokalyptisch. Diese Eiszeittheoretiker sind ja wirklich ein bißchen unintelligent, deine Kollegen.. nicht mal imstande, ein Studium zu beenden, die meisten, aber die Eiszeit beschwören, mit falschen Adorno-Zitaten, den anspruchsvollen Film erfinden, die hoffnungslose Jugend.. Deutschland, ein Gefrierfach, auf dem die Eisheiligen hocken. Josef H. Baum.. Wolfgang Staufer, in jeder Staufer-Kritik kommt der Satz vor.. Jetzt muß ich nachdenken.
ASTRUD Sieh mich bitte mal an.
LUDGER Irgendwas mit *»Obsession«*..
ASTRUD Ich möchte nicht, daß du jetzt nachdenkst. Sieh mich bitte mal an.
LUDGER Gut?
ASTRUD Nein.
LUDGER Besser?
ASTRUD Es fehlt immer noch was.
LUDGER Jetzt?

ASTRUD Es fehlt etwas.
LUDGER Astrud, ich..
ASTRUD Ich war eine Frau.. die sich gegen ihren Willen verliebt hatte, und ich bin glücklich gewesen, für einige Tage. Aber immer aufgewacht nachts, so war das doch.. Weil neben mir ein Mann gelegen hat.. der ab und zu hochschreckte aus seinem Schlaf und *»nein, nein, nein!«* rief, wie in Gefahr. Dann kontrollierte er sich wieder und schwieg, und ich wollte ihn fragen: Worauf bezog sich dein Neinrufen eben? – fragte ihn aber nicht. Ich sank zurück in meinen Schlaf und habe dort geweint. Bis ich wieder aufgewacht bin und gemerkt hab, daß er auch wach liegt. Und nach einer Weile hab ich ihn gefragt: *»Ist das dein Herz, das schlägt?«*, und er antwortet mürrisch: *»Nein, es ist deins.«*
LUDGER Ich erinnere mich nicht.
ASTRUD Deshalb hab ich's ja erzählt.
LUDGER Das hat mir aber gut gefallen. Ich fand das, obwohl du ja die Zeiten immerfort gewechselt hast, das war ja interessant: zuerst Plusquamperfekt, dann Perfekt, dann Imperfekt und zuletzt sogar noch Gegenwart. Du hast das wirklich gut erzählt, ich meine, gestaltet, es gibt ja Leute, die mit dreißig ihr Leben aufschreiben, und dann sind sie erschöpft. Aber das.. war eine kraftvolle Geschichte, schenkst du mir die, ich schenke dir dann auch was, wenn du möchtest.. sofort, mir ist da grad was eingefallen. Als du das gesagt hast, mit diesem Nein-nein-nein, keine Geschichte, kein Gedicht, eigentlich mehr ein Schlagertext, müßte man vertonen, hörst du mir zu?

»Wenn ich doch ein Schwarzer wär,
vielleicht auch noch behindert wär,
verfolgt und aus der DDR,
dann wär ich gleich so populär!«

7.1

ASYLANT EINS dekemengy mehede new.
ASYLANT ZWEI tinish bitichawet ewet neber, bin kedekemeh hid.

ASTRUD Guten Abend, how are you?
ASYLANT ZWEI Guten Tag.
ASTRUD Sie sprechen Deutsch.. Ich bin Astrud von Schultz, ich würde gerne ein paar Fragen an Sie richten, wo kommen Sie her?
ASYLANT ZWEI Ethiopia.
ASTRUD Äthiopien! Und Sie schreiben..? Oder sind im Verlagswesen..
ASYLANT ZWEI Bitte?
ASTRUD Sind Sie Schriftsteller, sind Sie hier beruflich, are you writers?
ASYLANT EINS No.
ASTRUD Nicht. Sie haben hier weiter gar nichts mit zu tun? Aber Sie kennen Mengistu Lemma? Nein.. Größte Dichter eures Landes, Mengistu Lemma.. vor allem Erzählungen geschrieben, Stücke.. ich liebe die afrikanische Literatur. Aber es ist doch sicher kein Zufall, daß Sie gerade hier untergebracht sind.
ASYLANT ZWEI Bitte?
ASTRUD Doch 'n bißchen schwierig.. I like Africa.
ASYLANT EINS Ethiopia.
ASTRUD Yes.. yes.. Okay, dann.. Vielleicht treffen wir uns morgen, Sie bleiben doch..
ASYLANT ZWEI Auf Wiedersehen.

Asylant Eins Auf Wiedersehen.
Astrud Bye..!

7.2

Friedhelm Am liebsten würde ich fahren.
Vera Vielleicht kaufst du dir noch etwas anderes von deinem Gewinn, ohne mich. Ich komme gleich zu Ihnen, Ludger. Mal einen wirklich anständigen Mantel, den du ein paar Jahre tragen kannst, so was ist nie ein Verlust. Ich schau ihn mir dann an..!
So, und nun zu uns beiden, daß heißt, zu Ihrem Stück, hier haben Sie das gute Stück zurück.
Ludger Ja.
Vera Also vieles wird mir doch im nachhinein immer, der Anfang zum Beispiel..
Ludger Wo der Zufall eine große Rolle spielt, zufällig hört der Dilettant im Radio einen Namen, der so ähnlich klingt wie seiner.
Vera Das habe ich gelesen.
Ludger Gut. Dieser Zufall zu Beginn, und dann die Szene, in der ihm seine Enkelin die erste ausgedachte Rezension vorliest, über die angebliche Entdeckung einer bislang ungewürdigten Arbeit, und der alte Mann vor Freude beinahe überschnappt.
Vera Wie stellen Sie sich das denn vor?
Ludger Er steht einfach da, so wie ich jetzt.. und klatscht vielleicht in die Hände, da gibt es unzählige Möglichkeiten. Jedenfalls will er immer mehr und

mehr wissen über seinen späten Ruhm, der ja gar nicht existiert, will ein Bild gewinnen von sich, ein Gesamtbild, das ist doch das Thema, ja: alles Auseinanderbrechende, eben überhaupt alles.. zusammenfügen zu wollen, Wiederherstellung, Wiedergutmachung von etwas, was nie gut gewesen war, doch der Schlachtruf dieser Jahre: Alles! Alles wiedergutzumachen an sich selber, und das wird hier zum ersten Mal – wobei ich zugeben muß: Man kann sich mit dieser Hauptfigur identifizieren, und so was ist dann auch schon wieder Trick, was wollen Sie machen.

VERA Der Titel Ihres Stückes, *»Der Dilettant«*..

LUDGER Lassen Sie mich vielleicht noch ganz kurz zu Ende. Es kommt ja dann dahin, im vierten Bild, daß der alte Mann sich völlig isoliert, weil er wirklich jeden, der ihn sprechen will, für einen Neider hält.

VERA Richtig, ja.

LUDGER Und der Schluß, das heißt, einen Schluß gibt es in dem Sinne gar nicht, der Abbruch des Stückes, ja..? Anfang-Ende, davon kann man ja wegkommen, also der Abbruch.. ist dann diese Rede, die der Dilettant, wie er glaubt, vor einer Fernsehkamera hält und in der er die ganze Welt zum Frieden mahnt, wobei, und das ist der Plot, noch immer offen ist, ob er nun tatsächlich blind ist oder nicht, Sie wollten etwas sagen..

VERA Schauen Sie.. Ich komme einfach nicht davon los, obwohl ich ja nicht viel davon verstehe, daß mich das Ganze doch etwas an Wegeleben erinnert, ein bißchen..

LUDGER Aha, ja.. Und Wegeleben erinnert mich ein

bißchen an Kirty und Kirty an Czybulski, und bei Czybulski muß ich an..
VERA Natürlich hat Ihr Stück eine ganz eigene Qualität, in Ihrer Person, ich wollte Sie nicht..
LUDGER In meiner Person.. für die ist kein Platz. Finden Sie mal zwischen Czybulski, Müller und Kirty noch eine Nische, alle bahnbrechenden Stücke sind geschrieben. Meine Person.. das sind die Autorenfotos von mir, hinten auf den Büchern.. mal so, mal so. Man hat mich mal einen Fatzke genannt.. weil ich auf einem überbelichteten Foto in einer scheinbar weißen Jacke zu sehen war.
VERA Sie haben alle Voraussetzungen, Sie sind ein gutaussehender Mann, Sie gefallen mir..
LUDGER Ich bin nicht homosexuell, ich bin nicht einmal ein ordentlicher Linker und trotzdem nicht blöde und versuch damit zu leben, ich bin..
VERA Choleriker sind Sie. Aber um noch einmal auf Ihr Stück..
LUDGER Oder finden Sie, daß ich irgendwas von einem Fatzke habe?
VERA Nein.. aber Sie erinnern mich plötzlich an wen.

7·3

BEDIENUNG Einen Wunsch?
DIETER Ja.. Ein Bier, du auch? Zwei Bier. Und ihr? Gin Tonic? Gin Tonic. Und zwei Gin Tonic.

FREDERIKE Na..?
ASTRUD Na..
FREDERIKE Wenn Sie Ihren Freund Ludger suchen..
ASTRUD Darf ich Ihnen einen Rat geben? Falls Sie mal mit ihm schlafen wollen, dann fordern Sie ihn einfach dazu auf.
FREDERIKE Haben Sie das so gemacht?
ASTRUD Ja, Sie fordern ihn einfach auf.

MAYER-LAY Aufbruchstimmung?
FREDERIKE Wo warst du?
MAYER-LAY Ich habe telefoniert.
ASTRUD Mit Spielmann, wird er kommen?
MAYER-LAY Ich würde noch ein bißchen bleiben. Auch wenn Sie mich nicht mehr so mögen.
FREDERIKE Wir sprechen gerade über Ludger Mönck.
MAYER-LAY Ahja.. ja, ja.. Immer so gut gekleidet.
ASTRUD Nicht zu fein, nicht zu schlampig, ist das schlimm?
MAYER-LAY Schlimmsten ist die Demokratisierung des Geschmackvollen, English Style und dann Proletenköpfe, scheußlich. Sagen Sie mir.. wer ist Ihr Lieblingsautor?
ASTRUD Ernst Vigo.
MAYER-LAY Nein! Gehen Sie weg. Sie haben kein literarisches Gefühl, ich mag auch Ihre Sendungen immer weniger, nehmen Sie mir's nicht übel.. zur Literaturkritik bedarf es einer gewissen Leidenschaft, und ich nehme doch an, bitte, auf die Gefahr hin, daß Sie das wieder nicht gut finden, daß Sie wohl etwas mehr zum Trockenen neigen, meine nicht mehr ganz

so Verehrte.. In Ernst Vigos Werken gibt es vielleicht manche Niveauunterschiede – aber eben leider kein Niveau.

ASTRUD Ludger! Ich brauche mal Unterstützung.
FREDERIKE Haben Sie uns belauscht?
LUDGER Ich sah Sie da stehen.
ASTRUD Wir sprachen von Ernst Vigo.
LUDGER Wunderbarer Autor.
MAYER-LAY Nein! Gehen Sie auch weg, bitte.
BEDIENUNG Einen Wunsch?
MAYER-LAY Was darf ich Ihnen kommen lassen?
ASTRUD Ein paar Frankfurter, haben Sie so was?
MAYER-LAY Oder sind Sie sehr böse auf mich?
ASTRUD Solange Sie noch etwas von King Kong haben, nicht. Brötchen und Senf, wenn es geht.
FREDERIKE War das ein Spaß?
MAYER-LAY Aber sicher. Frau von Schultz lockert Ihre Sendungen immer mit Späßen auf. Und mit Musik. Literatur und Musik, Freitagabend, zweiundzwanzig Uhr dreißig. Wie spät ist es jetzt?
FREDERIKE Zehn nach neun.
MAYER-LAY Wunderbar, dankeschön, dann verschwinden wir jetzt mal.
ASTRUD Aha..
MAYER-LAY An die frische Lust..!

LUDGER Rudolf Mayer-Lay ist kein Monster.
ASTRUD Mal beißen? Die sind gut. Dann eben nicht. Schon das zweite Angebot, das du ausschlägst. Willst du mich kränken, willst du mir weh tun? Am empfind-

lichsten bin ich hier. Ich sag das, damit du deine Kräfte nicht vergeudest. Wirklich keinen Happen..? Das sind die besten Würstchen, die ich je gegessen habe. Ganz selten, daß ein Würstchen mal was taugt.
LUDGER Manchmal tust du mir leid. Wegen Bärlein.
ASTRUD Das ist wirklich lieb von dir. Das ist jetzt der letzte Happen. Kein Appetit.. Du, bitte, ja, versteh mich nicht, bloß nicht. Du, wir sind verschieden. Aber das geht dir nicht in den Kopf. Sieh dich doch mal an, todernster Blick, du hast vielleicht Ideen.. Du hast Ideen: Erst mal nachsehen, wie die Dame so beschaffen ist, da drin, das meinst du doch mit *»Eindringlichkeit«*, und mich dann auch noch verstehen wollen, du mich..
LUDGER Wie du redest.. Ich fand das damals schön.
ASTRUD Bißchen komisch, nicht? Ein bißchen hektisch.. hin und her, ist dein Verständnis auch so sprunghaft? Ich muß mich lustig machen über alles, weißt du ja inzwischen.
Doch, es war ganz schön, das fand ich auch. Zwar eine Beschränkung auf das Unerläßliche, aber dafür auch nicht peinlich. Ich muß nur einfach lachen, ich kann gar nicht anders, ich meine das todernst. Ich muß mich lustig machen, das ist kein Spaß, ich muß einfach lachen, über alles. Du, sogar über Bärlein, das ist wirklich kein Spaß, das kommt vor, ich muß da lachen, he.. Ludger, und ich meine das todernst! Ausrufezeichen, sag etwas dazu.. Bitte.
LUDGER Ich habe dich, Komma, liebe Astrud, Komma, von dem Augenblick an, Komma, in dem du mir diese Nein-nein-nein-Geschichte erzählt hast,

Komma, zum zweiten Mal auf eine nicht weiter zu beschreibende Weise geliebt, Semikolon, das war das erste Mal, Ausrufezeichen, daß mich die Geschichte einer Frau tatsächlich berührt hat, Punkt.

ASTRUD Interpunktion – sehr gut.

LUDGER Astrud, ich..

ASTRUD Aber ich habe dir keine Geschichte erzählt. Ich habe höchstens etwas aufgezählt, und eine Geschichte entstand dann bei dir.

LUDGER Du hast..

ASTRUD Es ist deine! Geschichte. Du hast doch gar nicht zugehört, du hast doch gleich darüber nachgedacht. Du über mich! Ja?! Geht das da rein? Ja? Du über mich. Was hast du..? Was ist los?

LUDGER Es ist jedesmal ein Schock, wenn man bei einem Menschen, den man für intakt gehalten hat, plötzlich auf etwas ganz ganz anderes stößt. Das ist eine große Enttäuschung.

Immer wieder stellt sich alles anscheinend Geglückte nur als das Ergebnis einer furchtbaren Anstrengung heraus. Ich sehe entsetzlich aus morgens, bevor ich mir die Haare gewaschen hab. Oder bist du eine Morgenschönheit? Ich erinnere mich nicht. Was für eine Anstrengung kostet es dich, hier als Astrud von Schultz herumzuspazieren, *»Wo ich noch nicht gewesen bin, da kann ja auch nichts los sein..«* Was für eine Anstrengung. Ein wandelndes Soufflé, unentwegt gefährdet, das wandelnde Nicht-Glück, nur ab und zu für einen Augenblick mal unterbrochen, es gibt doch höchstens ein paar Glücksmomente.. vier Stück: Beim Essen, vorm Schlafen, beim Erguß und bei kräftigem Stuhlgang, entschuldige bitte, aber so ist das. Alles andere strengt jedenfalls an. Ludger Mönck, von morgens bis abends, absolut nicht selbstverständlich, ich verliere im Schlaf mein Profil. Ich vermag mich eben leider Gottes nicht! zu wiederholen.

ASTRUD Erfolgreich – aber unglücklich.

LUDGER Lieber mißglücklichte Erfolge, mißglückte Erfolge.. als geglückte Mißerfolge, hast du was zu schreiben da?

ASTRUD Wenn du den Büchner-Preis bekämest.. würdest du ihn annehmen?

LUDGER Hast du was zu schreiben da?

ASTRUD Beantworte mir die Frage, würdest du oder würdest du nicht? Wolltest du den Preis?

LUDGER Ein gewinnendes Lachen wäre mir lieber. Was hab ich eben gesagt?

ASTRUD Ja oder nein?

LUDGER Du wolltest, daß ich es vergesse.

ASTRUD Ja oder nein..

LUDGER Du, halt mich nicht für blöd.

ASTRUD Hierhin kneifen, da bin ich empfindlich.

LUDGER Du, das war wichtig..

ASTRUD Hierhin.

LUDGER Und was wär dann? Du, bring mich nicht dazu, daß ich besser werde als ich bin, das spürt man, wenn ich.. Du, ich kann dich..

ASTRUD Laß mich los. Laß mich sofort los! Du sollst mich nicht festhalten!

LUDGER Schwör mir.. daß wir es noch einmal tun.

ASTRUD Laß! mich! los!

LUDGER Schwör mir's.

Astrud Ich schreie!
Ludger Ich! schreie! auch!

Margit Was denn los?
Werner Hat jemand geschrien.
Margit Wollen Sie denn mit der Pistole?
Werner Keine Pistole. Bleiben Sie hier..!
Margit Ach, Sie sind's. Haben Sie hier geschrien? Jetzt stör ich Sie schon wieder, streiten Sie es ja nicht ab, ich könnte doch bis drei zählen. Wenn ich wollte. Aber ich will ja gar nicht, kennen Sie das? Manche Leute können nicht bis drei zählen, und manche Leute wollen das gar nicht erst. Und manche müssen auch dauernd bis drei zählen.
Ludger Was macht Ihre Nase?
Margit Oh, der geht's eigentlich ganz gut, die ist ganz zufrieden, wenn man sie mal in Ruhe läßt. Nur eine Nase.. für ganz bestimmte Dinge.
Astrud Zum Beispiel?
Margit Für bestimmte Sachen, ich träume ja häufig von einem Mann.. mit einer Baßgeige, so was in der Art. Haben Sie sich was ausgedacht inzwischen?
Ludger Ich habe eine Idee.
Margit Was Originelles?
Ludger Ich hoffe doch.
Margit Sie hoffen noch, wo wollten Sie denn gerade hin, gehen Sie schon fort? Ich komm vielleicht nach.
Astrud Ich werde aus Ihnen nicht klug.
Margit Ich laß mich auch nicht gerne ausnehmen!
Astrud Nun machen Sie aber 'n Punkt!
Margit Mach ich! Tschüs..!

WERNER Sie sind unvorsichtig.
MARGIT Was wollen Sie denn? Erst klauen Sie mir meine Klorolle, und jetzt geben Sie mir noch Ratschläge, wie..
WERNER Sie sind wirklich..
MARGIT Was bin ich wirklich? Das wissen ausgerechnet Sie, was wollen Sie denn von mir? Wollen Sie mich beschützen, ich habe meine eigenen Streitkräfte, mein lieber Mann, erst mich wegschicken und dann auf mich aufpassen, was sind Sie überhaupt?
WERNER Das kann ich Ihnen nicht sagen. Was ich überhaupt bin. Sie glauben, ich sei primitiv, weil ich mich gut wehren kann. Ich bin ein *»Schwarzer Engel«*, so heißen wir bei uns. Da.
MARGIT *»Schwarze Engel, Tag und Nacht«*, Sie sind ja..
WERNER Ich kann Sie festnehmen.
MARGIT Dann nehmen Sie mich mal, Herr Engel.. aber fest!
WERNER Gehen Sie bitte weiter.
MARGIT Ach, auf einmal wieder, ist ja reizend.. Jemine, so was schon gesehen.. Dann gibt's halt keine Heftchen, ganz einfach.
WERNER Haben Sie noch alte?
MARGIT Natürlich. Wenn du mir meine Rolle zurückgibst, Wiedersehen macht Freude.
WERNER Ich hab sie nicht.
MARGIT Dann zeig mir die Pistole.
WERNER Meinen Revolver.. Aber nicht hier.

FRIEDHELM Sie haben nicht zufällig meine Frau gesehen? Hohe Stirn, straffes Haar, Vera Rüth.. Nein. Sie spielen hier morgen, bei der Verleihung, das ist ja immer eine sehr sehr feierliche.. Sie haben sie wirklich nicht gesehen..
Und Sie, meine Damen, haben Sie hier jemanden gesehen, eine stattliche Frau?
PETRA Nein.
FRIEDHELM Tennis, ja? Wußten Sie, daß kürzlich beim Anlegen eines Tennisplatzes, in der Nähe von Lörrach, zwei Haarspangen gefunden worden sind, aus Bronze?
INGRID Achso?
FRIEDHELM So was kommt ja immer wieder vor. Da sehen Sie mal, was man als Tennisspieler auch noch so alles nebenbei erleben kann. Auf Wiedersehen.
PETRA Wiedersehen.

INGRID Und dann?
PETRA Du, der war am verlieren, der hat einen Doppelfehler nach dem anderen gemacht und kaum noch Passierbälle, einen mal.. War wirklich schlimm, ich hab den auch noch nie so gesehen. Der Klaus hat doch 'n Wahnsinnsaufschlag sonst, ich versteh das wirklich nicht, der war ja gar nicht mehr richtig da, der sah ja auch unmöglich aus, ich hab den noch nie so gesehen im Gesicht.. Der hat mich auch gar nicht gesehen hinterher, der hat ja gar nichts mehr gesehen. Der ist mir ja fast umgekippt.

INGRID Der Dieter spielt ja jetzt nicht mehr so oft. Ich sag immer: Spiel doch wieder mehr. Aber der hat keine Lust. Wenn der richtig spielen würde, der könnt ja so gut sein.. Du, der Dieter hat ja früher jeden Tag gespielt, der war ja vor allem am Netz gut, der hat doch Irrsinnsreaktionen. Ich sag immer: Spiel doch wenigstens Doppel, aber er will nicht mehr, nur noch mal am Wochenende. Der schaut sich ja auch gar nichts mehr an. Da neulich, Borg gegen McEnroe.. hat der sich nicht angeguckt.
PETRA Ach komm..
INGRID Du, das hat der sich einfach nicht angeguckt!

8.2

MAYER-LAY Alle Attentäter sind männlich, davon verstehen Sie doch auch was. In gewisser Weise männlich, auch die weiblichen. Vor allem die weiblichen. Frauen sind besonders gefährlich. Wir achten vor allem auf alleinstehende Frauen. Alle Psychopathen sind Einzelgänger. Und untypisch.
Haben Sie den schon mal gesehen? Musiker..
Wie dem auch sei, diese Briefe und Gedichte stammen von einer Frau. Das ist eine Frau, die mich verfolgt. Passen Sie mal auf. Das.. hier.. die Kopie von ihrer letzten Sendung, wir heben das natürlich auf, vorsichtshalber. Ich lese vor.
»Das Lichtgedicht. Wenn es gibt Licht da, für mich da, dann ich Dichter. Licht ist Sonne, Licht ist Wonne,

ohne Sonne, kaum 'ne Wonne, mit der Sonne geht die Wonne.« Und jetzt kommt's: *»Der Lichtquant ist mein Kommandant, Lichtbestimmung ist meine Blickbestimmung. Keine Helle, ohne Welle, ohne Licht, kein Gedicht.«* Unterzeichnet: R. J. F. Drehler oder Dreher, General. Ein Pseudonym. Dahinter steckt natürlich eine Psychopathin.

VERA Das glaube ich nicht.

MAYER-LAY Jedenfalls können wir so was nicht drukken, wieso keine Frau? Ich lese Ihnen noch was vor. *»Der Sinn. Der Sinn ist der Anfang vom Beginn. Ich kann machen was ich will, alles um mich bleibt still, doch wird ein Gedanke laut, dann wird sofort gebaut. Der Anfang ist der Beginn, es hat also doch einen Sinn..«* Und jetzt: *»Mit dem Vibrieren beginnt das Sinnieren, dadurch weckt man die Wandernieren. Von dem schwammigen Organ, weckt man einen Clan. Ein Clan beginnt erst bei drei, deshalb ist es fast einerlei, denn das Unfaßbare – Vater, Mutter, Kind und der Heilige Geist – sind immer zwischenmang dabei. Deshalb seid beständig, denn die andere Seite ist wendig, R. J. F. Dreher.«* Da steht's doch drin! Sinnieren, Fibrieren, der Heilige Geist.. Das ist eine geistesgestörte, zu allem fähige Frau. Vielleicht nicht unbegabt, bitte: *»Das Unfaßbare – Vater, Mutter, Kind..«* Das ist knapp, das ist dicht. Aber dann auf einmal: *»Wandernieren«*.

VERA Ich weiß nicht, ich weiß nicht, ich hatte mit Carl Ratberg sehr lange Gespräche über Dichtung und Wahnsinn.

MAYER-LAY Der alte Carlos..

VERA Gedichte haben es ja immer schwer. Kennen Sie *»Schwingungen«*, von Christian Roth?

MAYER-LAY Gräßliches Buch.. Dieser Christoph Roth.. Es wimmelt von Roths. Aber was raten Sie mir? Ich liebe nur noch provisorisch, ich lebe.. unruhig.

VERA Veröffentlichen Sie die Gedichte.

MAYER-LAY Ja.. Ja.. Ja, ja.. Daran habe ich auch bereits gedacht. Vielleicht mit einem Vorwort, von Stegmann-Matthaei oder in einer Anthologie, es müßte eben deutlich werden, welche Bedrohung in den Worten zum Ausdruck kommt. Ein paar Worte über die Situation des Verlegers, die Gefahren.. der ja die Grenze ziehen muß zwischen Schwachsinn, Wahnsinn und Literatur. Wahrscheinlich haben Sie recht. Wir machen da ein exemplarisches Bändchen, vielleicht wird das ja was.. mein R. J. F. Dreher..!

8.3

LUDGER Eine Baßgeige, ist das richtig? Oder sagt man Kontrabaß..? Ich weiß es nicht, ich habe keine Ahnung, ich verstehe leider nicht viel von Musik, ich schreibe.. Auch ein Leben, zumindest eine Möglichkeit, um am Ende recht zu behalten. Die Kunst als dauernde Beweisführung. Oder Elefanten zu machen aus Mücken.. was ganz anderes als Musik.. ist doch alles heutzutage. Was sind die Buddenbrooks gegen die Bee Gees? Keine Chancen gegen Rattenfänger.

Eben Augenblickserlebnisse, wenn Sie die aufschreiben, sind sie schon weg. Beispiel, Thema Augenblick, eine Beobachtung, die ich hatte.
Ein am einunddreißigsten zwölften neunzehnhunderteinundachtzig gegen Mitternacht.. zufällig beobachteter Versuch eines Mannes, sich durch das Mundwerk einer Frau Erleichterung im Augenblick der Jahreswende zu verschaffen, ist gescheitert. Das heißt, es funktionierte nicht, ich konnte das zufällig sehen, gegenüber meiner Wohnung, in einer Pension, und hab mir das dann gleich so notiert. Das sagt doch mehr als alle diese dünnen Romane über die achtziger Jahre. Da ist doch alle Poesie.. rausgeblasen. Aber wehe Sie machen so was, Sie schreiben so was, wehe.. Obsessionen sind das dann, unverständliche. Den Mann kann! aber keiner mehr verstehen, nix mehr mit identifizieren, aus, die nackte Enttäuschung – ein echter Avantgardist! Wissen Sie, was heute am meisten verletzt? Das wirklich Zeitgemäße, am anderen Ende des herrschenden Geschmacks. Wehe, Sie erzeugen unverständliche Töne. Das Moderne bereitet heutzutage Entsetzen, die Leute wollen verstehen, die wollen es schlucken können, die haben sich doch gewöhnt an den Gesinnungsbrei. Wer sich bekennt, der ist vorn, das ist dann neu, das ist dann das Fortgeschrittenste, diese Rückbesinnerei, diese ewige Beschwerdeführung, so wie ich jetzt hier, nicht, das kann man schon wieder verstehen, Thema Schriftstellerelend.
Da will zum Beispiel jemand ein Autogramm von mir, aber mehr als nur meinen Namen, nein, noch was davor, noch was dahinter, herzliche Grüße, Ihr Klam-

mer auf, Klammer zu, oder: In der Hoffnung, daß Sie nichts verstehen werden und so weiter. Auch Quatsch. Aber man muß so was mit Anstand über die Bühne bringen.

Hallo.. Die Frau Tochter, entschuldigen Sie mich bitte, ich hoffe, Sie kommen morgen zum Einsatz. Was treibt Sie.. hierher?
FREDERIKE Ich suche was.
LUDGER Und was suchen Sie?
FREDERIKE Eine dramatische Antwort.
LUDGER Und worauf?
FREDERIKE Auf Ihre Frage.
LUDGER Achso, ja.. Naja.. Darf ich?
FREDERIKE Nein.
LUDGER Warum zeigen Sie mir nicht Ihre Hände?
FREDERIKE Ich habe Ausschlag. Ein Mitbringsel, ich habe Hände gedrückt, die nicht so sauber..
LUDGER Vielleicht eine Allergie.
FREDERIKE Wir bereiten ein Buch vor, über Folter und Literatur, hab ich Ihnen noch nichts erzählt? Zum Beispiel der Bericht eines Schriftstellers aus..
LUDGER Ich will das jetzt nicht hören, es gibt überhaupt keinen Grund..
FREDERIKE Eines Mannes, der mitansehen mußte..
LUDGER So ein Thema muß sich entwickeln.
FREDERIKE Wie man seiner schwangeren Frau..
LUDGER Was Sie da erzählen..
FREDERIKE Wie man seiner schwangeren Frau eine lebende Ratte in die Scheide schob, bis das Tier dort erstickte. Dem Mann selber hat man gar nichts getan,

man hat ihn nur gezwungen, hinzusehen, und als dies noch nicht reichte..

LUDGER Was Sie da erzählen ist doch völlig zusammenhangslos.

FREDERIKE Hat man seinem Vater die Augen ausgestochen, mit einer Fahrradspeiche, und ihn wiederum gezwungen, hinzusehen.

LUDGER Ich möchte wissen, wer Sie zwingt..

FREDERIKE Irgend jemand muß sich interessieren.

LUDGER Nicht irgend jemand, jetzt schummeln Sie ein bißchen, Sie! müssen.

FREDERIKE Es gibt eben noch unbequeme Autoren.

LUDGER Das sind nur komischerweise immer die, über die es sich am besten schreiben läßt.

FREDERIKE Sie laufen ja davon! Ich habe das alles mit eigenen Augen gesehen, die gefolterten Stellen..!

ASTRUD Was ist denn los hier?

MARGIT Wir haben Sie gehört.

FREDERIKE Ich habe lediglich versucht, dem davonlaufenden deutschen Schriftsteller Ludger Mönck etwas von den Leiden eines dunkelhäutigen Kollegen mitzuteilen.

ASTRUD Glauben Sie wirklich, er wüßte nichts davon? Oder ich wüßte nichts davon? Das wissen wir alle. Sogar mein Sohn sieht sich diese Bilder im *»Stern«* immer ganz besonders lange an, und der ist mongoloid. Aber solche dokumentarischen Fotos guckt er sich an und weiß auch ganz genau, was Folterungen sind.

Diese Dinge haben sich herumgesprochen, fragen Sie

doch mal die Leute hier, den Herrn da hinten, fragen Sie doch den mal, mal sehen, was der Ihnen sagen kann. Ich sage das als Journalistin. Fragen Sie doch mal den Mann dort, Sie sehen das alles verdreht, Frederike, Sie sehen es falsch.

MARGIT Ich seh etwas, was du nicht siehst.. Kennen Sie das? Ein Kinderspiel. Ich seh etwas..

ASTRUD Was sehen Sie? Warum lachen Sie jetzt? Ist denn überhaupt los..?

FREDERIKE Sie lacht über das Ganze.

MARGIT Bißchen unnatürlich, gell, das Ganze. Aber das Ganze ist ja eigentlich nie.. natürlich oder? Ich hab da mal ein Bild von einer Frau gesehen, die war so zugerichtet..

FREDERIKE Hören Sie auf zu lachen, Sie beide!

MARGIT Die war so zugerichtet..

ASTRUD Ja..?

MARGIT Daß sie sich nicht wiedererkannte. Beim besten Willen nicht..!

8.4

DIETER Scheiße hier, was?

ASYLANT ZWEI Ein wenig.

DIETER Woher?

ASYLANT ZWEI Ethiopia.

KLAUS Ah.. Wie heißt der..? Der Langstreckenläufer, der schon so alt ist.. Laufen.. in Moskau..

PETRA Denk, wir gehen..

KLAUS Keine Ahnung, was.. Und was machen hier?
ASYLANT ZWEI Für Asyl.. warten.
DIETER Ah.. Politisch, ja..? Verfolgt.. Warum? Kommunist? Was denn?
INGRID Oder war das eben ironisch gemeint?
ASYLANT ZWEI Nichts Kommunist. EPRP. Ethiopian Peoples Revolutionary Party.
DIETER Ah..
PETRA Ist denn jetzt..
ASYLANT EINS Tennis..?
KLAUS Ein wenig. Jetzt komm halt auch..!
ASYLANT EINS Ein.. wenig.

LUDGER Guten Abend, ich wollte Sie vorhin schon ansprechen, ich bin ein Kollege.
ASYLANT ZWEI Guten Tag.
LUDGER Ich möchte Sie nämlich was fragen, inwieweit bekommen Sie eigentlich in Ihrem Heimatland, als Interessierte wohlgemerkt, etwas mit von deutscher Literatur? Umgekehrt gibt es ja jetzt doch einige Namen, die man hier kennt, aber es würde mich doch mal sehr interessieren: Was Sie so wissen von uns. Sagt Ihnen zum Beispiel.. Wegeleben etwas, dieser Name..? Sagt Ihnen auch nichts, das kann man aber auch verstehen, ich..
Ich muß jetzt mal da rüber, aber wir setzen das dann später noch fort, ich würde mich gerne noch ausführlicher über diesen Punkt unterhalten..!

9.1

FRIEDHELM Dachte schon, dir sei was zugestoßen.
VERA Du brauchst mich generell nicht zu suchen.
FRIEDHELM Wie gefallen dir die Sachen? Paßt doch alles zusammen. Ist dir mal aufgefallen, was die so tragen hier? Die teuersten Anzüge, aber dann keinen Schlips. Man muß die Kraft haben, in dieser Umgebung, einen Schlips zu tragen.
VERA Der ist aber nicht so schön.
FRIEDHELM Du warst von Anfang an gegen meinen Gewinn. Ein Verlust wäre in deinen Augen das Bessere gewesen für mich.
VERA Ich habe übrigens den Bieri gelesen.
FRIEDHELM Und ich den Rank-Aufsatz. Zweimal.
VERA Zeig mal, du hast da einen furchtbar langen Nagel, ich mach dir das mal ab.
FRIEDHELM Warum denn..? Ich lasse dich ja auch wie ich bin.
VERA Tu mir die Liebe.
FRIEDHELM Jede Woche schneidest du mir irgendeinen zu langen Nagel ab, merkst du nicht, daß sich das alles wiederholt? Und ich nicht mehr die Energie dazu habe, mich noch gegen solche Wiederholungen..
VERA Halt doch mal still.
FRIEDHELM Schau, wer da kommt.

MAYER-LAY Sie wollen uns verlassen?
VERA Man hört ja nichts Gutes.
MAYER-LAY Alles, was Sie hören, kann nur eine einzige Quelle haben.

VERA So. Das war's.
FRIEDHELM Und wo ist jetzt der Nagel?
VERA Auf der Erde. Und was sagt uns diese Quelle?
FRIEDHELM Er kann doch nicht weg sein..
MAYER-LAY Ich warte auf ein Telegramm.
FRIEDHELM Er kann doch nicht einfach verschwinden, ich finde dich..! Er ist weg.
VERA Bei dir was nicht gleich geht, glaubst du sofort, es sei alles hinüber. Denk an deinen Kopf.
MAYER-LAY Was suchen Sie denn.. Waren Sie schon im Erodrom?
FRIEDHELM Na also. Keine Chance.
VERA Dieser Mensch glaubt stets, er sei der liebe Gott persönlich.
MAYER-LAY Und? Ist er es?
FRIEDHELM Vera hat sich da noch nicht entschieden.
MAYER-LAY So.. Ich seh Sie aber dann noch mal.
FRIEDHELM Ich hab ihn.
VERA Wir sehen uns sicher noch, und seien Sie unbesorgt: Ich bin davon überzeugt, daß diese Gedichte von einem Talent sind.
MAYER-LAY Ihr Wort in Gottes Ohr..!
FRIEDHELM Ich hab ihn..!

BEDIENUNG Einen Wunsch?
MAYER-LAY Ja.. Ja, ich habe einen Wunsch, ich würde Sie doch gerne noch mal darum bitten, doch vielleicht mal irgend etwas anderes zu sagen. Ein kleiner Wunsch..
BEDIENUNG Ein kleiner Wunsch..
MAYER-LAY Na wer sagt's denn.. Sie haben ja einen

Akzent, wo kommen Sie her, den Staaten?
BEDIENUNG Den Staaten..?
MAYER-LAY So.. Ahja.. Großartig.
BEDIENUNG Großartig.
MAYER-LAY Sie sollen mir nicht nachsprechen..
BEDIENUNG Sie sollen mir nicht nachsprechen..
MAYER-LAY Achso.. dieser alte Trick.
BEDIENUNG Achso.. dieser alte Trick.
MAYER-LAY Soll denn das Theater?
BEDIENUNG Soll denn das Theater?
MAYER-LAY Hören Sie auf..
BEDIENUNG Hören Sie auf..
MAYER-LAY Ich mag Sie.
BEDIENUNG Ich mag Sie.
MAYER-LAY Ach, gehen Sie weg..
BEDIENUNG Ach, gehen Sie weg..
MAYER-LAY Ach, gehen Sie doch wirklich..

MARGIT Sie schicken auch die Leute weg?
MAYER-LAY Ich habe Sie gar nicht gesehen, Sie wollen mich sprechen? Wir können uns gerne unterhalten, nichts dagegen, bitte. Ich nehme doch an, Sie sind Frau Dreher oder stecken hinter diesem Namen, ich habe Ihre Gedichte gelesen, lassen Sie mich eines dazu sagen: Sie arbeiten ja mit sehr einfachen Mitteln und stellen doch etwas sehr Schwieriges dar, das ist gut. Sie greifen nicht zu schwammigen Bildern, sondern orientieren sich am Körper, an der Physik, das ist auch gut. Wenn auch befremdend. Wir haben uns ja ein bißchen schwer getan mit der Beurteilung Ihrer Arbeiten, aber das Schwere hat es immer schwer, nehmen

Sie mir's nicht übel, wir bekommen nun mal sehr viel Unbegabtes, nicht jeder bringt die Voraussetzungen mit, dem Menschen sind ja Grenzen gesetzt, über die er allerdings hinauszudenken vermag, was das Ganze etwas kitzlig macht.
Nicht wahr, die Natur ist ja sehr ungerecht, ausgesprochen, sie pfeift auf diesen Traum von der Gleichheit der Menschen, beste Beispiel ist doch das Aussehen. Es gibt häßliche und gutaussehende Menschen, quer hindurch, und die gutaussehenden, zu denen Sie ja auch zu zählen sind, werden es immer einfacher haben. Ein Sieg durch bloßes Lachen.
Die Natur ist zutiefst undemokratisch. Aber das will niemand wissen heutzutage. Das wird ja mehr denn je übersehen. Außenseiter sind unsere Hätschelkinder, früher wurden solche Leute öffentlich verbrannt, vor einem begeisterten Publikum, ich rede nicht von der jüngsten Vergangenheit, verstehen Sie mich um Gottes willen nicht falsch, aber ohne jeden Exzeß geht doch hier in unseren Breiten nicht nur eine Epoche, sondern ein ganzes Jahrtausend zu Ende, schauen Sie sich doch um: Unser Staat ist ein Bonbon, nirgends etwas Großes – Sozialdemokratie.
MARGIT In einer kleinen Zeit zu leben, hat auch seine Vorteile.
MAYER-LAY Finden Sie, ja..? Gut, was kann ich für Sie tun?
MARGIT Glauben Sie, daß Hans-Georg Spielmann noch kommt? Oder wird da morgen eine Puppe sitzen?
MAYER-LAY Wie kommen Sie auf so einen Gedan-

ken? Nur ein Schriftsteller kann auf so einen.. Da kommt meine Tochter, kennen Sie meine Tochter? In Begleitung, samt Frau von Schultz und Ludger Mönck.

MARGIT Eine Puppe kann einen Menschen ersetzen.
ASTRUD Was sogar einen gewissen Charme hat.
FREDERIKE Das sind Tesfaye und Bekele.
ASYLANT ZWEI Guten Tag.
MARGIT Es ist, als besäße man einen schönen Leichnam.
ASTRUD Ich hab Sie unterschätzt.
MAYER-LAY Von welchem Leichnam sprechen Sie?
FREDERIKE Das sind Tesfaye und Bekele..
ASYLANT EINS Nice to meet you.
MAYER-LAY Eine Sekunde, one moment, please. Liebe Frau Dreher.. Ludger Mönck! Kommen Sie zu uns.
MARGIT Ich bin nicht Frau Dreher.
MAYER-LAY Natürlich sind Sie es nicht und sind es doch. »*Mit dem Fibrieren beginnt das Sinnieren*«, das ist ihnen ja sicher bekannt.
LUDGER Ich verstehe gar nichts.
MAYER-LAY Das ist ja auch schwer, da sind wir uns ja einig, »*Der Lichtquant ist mein Kommandant*«, das ist ja nicht jedermanns Sache. Von welchem Leichnam sprachen Sie? Was holen Sie da aus Ihrer..
WERNER Alles okay.
MAYER-LAY Haben Sie sie durchsucht? Durchsuchen.
LUDGER Was soll denn das bitte..?
MARGIT He, he..

WERNER Ganz ruhig, gleich vorbei.
ASTRUD Ist eine Ungeheuerlichkeit!
LUDGER Können sie hier doch nicht einfach durchsuchen, das ist ungeheuerlich.
FREDERIKE Mein Vater bekommt Drohbriefe.
WERNER In Ordnung.
MAYER-LAY Großartig, dankeschön. Sie haben frei.
ASTRUD Ungeheuerlich ist das.
MAYER-LAY Wie alt sind Sie..
ASTRUD Was ist das für eine Frage, was erwarten Sie darauf für eine Antwort? Achtundsechzig war ich vierundzwanzig.
MAYER-LAY Ich nahm an, Sie seien schon etwas vernünftiger.
ASTRUD Das ist eine politische Frage, das hier.
MAYER-LAY Ein bißchen Unvernunft steht jeder Frau..
LUDGER Hören Sie sich eigentlich noch zu?! Das ist eine rein politische Frage, das hier.
MAYER-LAY Allerdings. Excuse me, please. Ich denke da nur etwas praktischer als Sie. Ich bin nicht so ein armer Achtundsechziger-Teufel, dem die Hände gebunden sind, im Gegenteil, ich kann wirklich etwas tun, ich lebe nicht auf einem Abenteuerspielplatz. Ich unterstütze nämlich bestimmte Leute tatsächlich. Did you talk with my daughter? Ich lasse sie zu Wort kommen, ich biete ihnen ein Forum, ich mache auf ihre Verzweiflung aufmerksam, ich lindere ein bißchen ihre Not, ich verwende mich für sie, praktisch, mit allen meinen Möglichkeiten. Ohne mich wüßten sie beide gar nichts von gewissen Problemen, die sie

jetzt als Beweismittel heranziehen gegen Leute wie mich. Ich rühre mich, im Gegensatz zu Ihnen und mache mir natürlich auch Feinde. Haben Sie Feinde? Ich glaube nicht. Glaube kaum, daß irgend jemand Sie erschießen will. Das Äußerste, was man Ihnen antun wird, ist eine schlechte Kritik, also bitte.. Gehen Sie weg.

ASYLANT EINS awe dehina nen fetarin aykfaw: agerachin, wenzachin, terarachin, denachin yemniwedachwe wegenochachin bechekoungoch tafinew, metenfes akituachew cika yizuachew balebet bahunu wokt, bahunu merara zemen silebete seb dehininet ayitasebim. silenesu chinkilat wistim memitat yelebetim. yewegenochachim sikay, yengam sikay new. yegarachin adrigen wesden hunetawin megemgemina atekuro mayet alebin. chinketachew chinkachin new. bilom yechigrachin me ftihe terediten lemefitat metar alebin. zare bezer, behaymanot, bebihereseb teleyayten eris berasachin sinibelala letelatachin ber mekifet new. eris berasachin sinkorakos. letelatachin yebelete edilina tinkare masgenget new. enam wedaje, tebabiren and lay honen yegara telatachinin enatifa. enam wedaje, tebabiren and lay honen yegara telatachinin enatifa..

MAYER-LAY Wunderbar, herrlich, dankeschön, ein sehr sehr eindrucksvoller Vortrag, bitte.. klatschen Sie mit mir! Woher kommen Sie?

ASYLANT ZWEI Ethiopia.

MAYER-LAY Äthiopien! Ahja.. Hört man ja Schlimmes. Nein, das war wirklich sehr bewegend, nun bewegen Sie doch auch mal Ihre Hände, rühren Sie sich ein bißchen, tun Sie mal etwas Praktisches, nur nicht so ein Deligiertenklatschen, für unsere Freunde: Premierenapplaus!

ASTRUD Sie sind ein Tier.
MAYER-LAY Also doch nicht King Kong, will you follow me? Ihr Begriff vom Wahren-Schönen-Guten stört mich auch, was sagst du? Ja, ja, ja, richtig, ja..
FREDERIKE Ist das gut?!
MAYER-LAY Großartig, dankeschön, what are you doing in your country, are you writers? I hope, you will write something for our house!
ASYLANT ZWEI Ihr.. Hoffnung..
MAYER-LAY Wird sich erfüllen.
FREDERIKE In Erfüllung gehen.
ASYLANT ZWEI Ihr Hoffnung.. wird nicht..
MAYER-LAY Unerfüllt bleiben, come on, hast du deine Mutter gesehen? Ich wünsche Ihnen noch viel Spaß..!

9.2

ASTRUD Luft.
LUDGER Ich bleibe hier nicht länger.
MARGIT Ach..
ASTRUD Sie wollen doch hier nicht bleiben? Man hat Sie durchsucht, man hat Sie behandelt..
MARGIT War doch aufregend.
ASTRUD Aufregend war das, das war aufregend, liebe Zeit..

MARGIT Oder haben Sie sich nicht aufgeregt?

ASTRUD Natürlich habe ich mich aufgeregt, aber selbstverständlich, ich habe Sie wohl wirklich unterschätzt. Oder überschätzt. Scheint ja alles nicht so schlimm zu sein, Privatpolizei, Verdächtigungen, Durchsuchungen, alles furchtbar aufregend, du liebe Zeit, ich möchte mich an so was nicht gewöhnen.

LUDGER Ich auch nicht.

ASTRUD Ich hätte auch ein Bedürfnis über diese Dinge zu reden.

LUDGER Wo wollen wir hin?

MARGIT Dann krieg ich aber jetzt das Autogramm noch.

LUDGER Sicher, natürlich, geben Sie mir mal Ihr Einundalles. Hierhin, ja?

ASTRUD Leben Sie wohl, Sie wollen wirklich nicht..?

MARGIT Ich hab Ihnen doch gesagt, daß ich nicht bis drei zählen mag. Jetzt habe ich Sie gar nicht näher kennengelernt, darf ich Sie trotzdem..?

ASTRUD Aber freilich.

LUDGER So.

ASTRUD Und?

MARGIT *»Dies ist kein Autogramm, Ludger«*, wie heißt das? Achso.. eine Mordsidee, darf ich Sie auch umarmen?

LUDGER Was machen Sie denn nun? Wo wollen Sie denn..

MARGIT Ach, mal sehen. Ich geh mal schauen, lauf hier noch ein bißchen rum.

ASTRUD Passen Sie auf sich auf.

MARGIT Auf meine Nase, was?

LUDGER Auf jeden Fall: Machen Sie's gut.
MARGIT Sie beide auch! Sie gehören ja doch zusammen irgendwie..!

ASTRUD Stimmt das? Sag..
LUDGER Der erste Pups.. in Gegenwart des anderen markiert irgendein Ende, ich weiß nicht, von was, jedenfalls ein Ende.
ASTRUD Ob wir zusammengehören, irgendwie, hab ich dich gefragt. Du, wir wollten uns doch unterhalten, bitte.. sag was, erzähl mir irgendwas.. bitte.
LUDGER Ich fliege nächste Woche nach Bulgarien, offiziell, vierzehn Tage. Erste Woche Begrüßungsreden, zweite Woche Abschiedsreden.
ASTRUD Und dann?
LUDGER Ich zahl aber die Hälfte selbst, weißt du.. worauf ich stolz bin? Bisher noch nie mit dem Stipendienschweißtuch abgetupft worden zu sein. Ich verdiene nicht so schlecht..
ASTRUD Ich wollte wissen, was danach kommt, nach Bulgarien.
LUDGER Wenn ich zurückkomme, dann bin ich neununddreißig. Anfang Vierzig werde ich heiraten, eine junge Kunststudentin, und werde mit ihr Kinder zeugen, zwo. Wenn die Kinder aus dem Haus sind, kaufen wir uns eine Wohnung, bei München, und ich werde meine Frau nicht mehr betrügen. Wir bereiten dann gemeinsam die Gesamtausgabe vor, zu meinem Fünfundsiebzigsten. Danach bin ich ein Pflegefall, was hast du?

WERNER Haben Sie so was auch? Comics.. Bruce Lee..?

BEDIENUNG Superman.. is better. Cause he's got the x-ray eyes.

WERNER Was für Augen, which kind?

BEDIENUNG Like this..

WERNER Ah, you mean Hitzeblick. But Bruce Lee has..

BEDIENUNG And Superman can fly. Like this..

WERNER Bruce Lee.. gab's wirklich, he is still alive!

BEDIENUNG Oh, come on, Superman makes the world go round, he is everywhere.

WERNER Wo denn? Where is he?

BEDIENUNG Oh man.. You can't see him, you've got to feel it!

WERNER Superman doesn't exist!

BEDIENUNG Remember that last earthquake in California? Superman put it under controll!

MARGIT Ihr seid vielleicht zwei..

WERNER Sie sind's.. I will show you something.

MARGIT Sei bloß vorsichtig damit, Mensch, Mensch..

WERNER That's a real one!

BEDIENUNG Oh, come on, Superman has got the lasergun. Gotta show you my comics, I'll be right back..!

WERNER Krüppel.

MARGIT Sprichst ja richtig gut Englisch, warste mal in Amerika? Ich war mal, New York und Niagarafälle. Kannst das richtig aussprechen? Niagara Falls.. Mach mal, komm, sei mal nicht so stur. Grüne Augen Froschnatur, von der Liebe keine Ahnung, auch nicht weiter tragisch. Kein Mensch paßt zum anderen, na und? und wenn.. wenn.. when I smile.. Kennste das? Natürlich nicht, Mann, Mann, Mann..

WERNER Oben saß vorhin.. der Mann aus deinem Traum.

MARGIT Ist ja nicht wahr.

WERNER Doch.

MARGIT Du bist ja blind. Auch wenn du so schaust, mit deinen Kontaktlinsen, typischer Kurzsichtigenblick.

WERNER Ich hab ihn gesehen!

MARGIT Und wie sah er aus?

WERNER Groß, dunkel, mit einem schwarzen Bart, seinem Instrument.. in einer braunen Hülle.

MARGIT Aber der muß doch drauf spielen, das ist doch schon nicht mehr dasselbe.

WERNER Das war der Mann.

MARGIT Das war der nie!

WERNER Das war der Mann!

MARGIT Ich bin doch nicht verrückt, du machst mir doch nichts vor.. red mir doch nichts ein. Komm, sieh mich mal an. Wo schaust du denn hin? Komm, halt mich mal fest.. eine Hand hierhin, andere Hand dahin, und jetzt erzähl mir was.. von dir. Machst du denn mit deinen Augen? Was bist du bloß für einer, Mannohmann, ich möcht das wirklich mal wissen.

WERNER Ich bin der Sohn meiner Eltern. Geboren neunzehnhundertfünfundfünfzig in Groß-Gerau bei Frankfurt. Neunzehnhunderteinundsechzig bis neunzehnhundertsiebenundsechzig Hauptschule in Groß-Gerau, danach Realschule bis zum Abschluß, danach Lehre als Kfz-Mechaniker. Von neunzehnhundertdreiundsiebzig bis neunzehnhundertsiebenundsiebzig Bundeswehr, zuletzt Stabsunteroffizier. Während meiner Dienstzeit Ausbildung in Karate bis zum schwarzen Gürtel. Nach der Bundeswehr Eintritt in ein privates Bewachungsunternehmen. Ab neunzehnhundertneunundsiebzig Betreuung mit Spezialaufgaben, insbesondere Personenschutz.
MARGIT Und weiter.. Ich will noch mehr wissen, alles, komm, die ganze Geschichte. Willst du nicht.. Kannst du nicht, dann halt mich wenigstens, aber fest. Komm.. nimm mich jetzt mal fest.

FRIEDHELM Und Sie haben's gewußt?!
MAYER-LAY Ach.. ach, das ist nicht wahr, so muß die Liebe aussehen, lassen Sie sich ja nicht stören, ist das nicht schön?
FRIEDHELM Ein Bild.
MAYER-LAY Ohja.. ja.. Ja, ich habe es gewußt, ich wußte, daß er kommt.
VERA Ich dachte mir nur, daß er kommt.
MARGIT Daß wer kommt?
FREDERIKE Hans-Georg Spielmann.
FRIEDHELM Die Verleihung findet statt, ein Kammermusiker ist nämlich schon..

MAYER-LAY Ich hab's gewußt.
MARGIT Ein Mann mit einem Baß?

ASTRUD Was ist hier los, ist das wahr..?
LUDGER Ich möchte hier weg.
MAYER-LAY Sieh an..
FRIEDHELM Sie haben noch meinen Stift.
LUDGER Ihren Stift.. um Gottes willen.
FREDERIKE Neugierig?
FRIEDHELM Ich dachte schon, er sei verschwunden.
VERA Wir alle sind furchtbar..
ASTRUD Was wissen Sie?
MAYER-LAY Inquisitorische Frage, es gibt einen eindeutigen Hinweis, was wollen Sie mehr? Spielmann macht es immer spannend, das ist doch nichts Neues, ich kenne das doch. Ich habe Spielmann schon gekannt, als er noch Redakteur war.. *»Schorndorfer Boten«*.. war er doch schon ganz genauso. Ich kenn ihn doch schon ewig, seine allerersten Sachen gelesen, na aber großartig. Ich hab ihn praktisch überredet, zu schreiben, ich sage das hier mal. Auch wenn das nicht so gern gehört wird. Einen Schriftsteller muß man erkennen, noch ehe es ihn gibt. Zur Literatur bedarf es, Sie nehmen es mir nicht übel, einer perversen Leidenschaft. Und deshalb möchte ich jetzt und hier, nicht wahr, die Gelegenheit ergreifen und Ihnen eine neue Autorin vorstellen, die im nächsten Frühjahr mit einem kleinen Gedichtband bei uns herauskommen wird, voraussichtlicher Titel: Licht. Von Frau R. J. F. Dreher, die Sie hier neben mir sehen. Aber jetzt verraten Sie uns auch Ihre drei Vornamen noch.

MARGIT Roswitha.. Johanna.. Franziska.

MAYER-LAY Johanna F. Dreher! Wunderbar, herrlich, dankeschön. Und wenn Sie jetzt vielleicht noch ein Gedichtchen für uns lesen würden, ich habe ja eins dabei. *»Das Lichtgedicht«*, kommen Sie.. Können Sie sehen? Etwas mehr Licht, wenn ich darum bitten darf, mehr Licht! Mehr Licht.. Wer hat das gesagt, diese beiden Worte, kleines literarisches Rätsel, kommen Sie, Johanna, hier.. in die Mitte. Haben Sie die Lösung, natürlich wissen Sie es.. Goethe sagte das, kurz bevor er starb, seine beiden letzten Worte, wie sehen Sie jetzt, das besser so? Und was wollte er sagen damit, das wissen Sie nicht. *»Mer lischt hier so schlescht!«* wollte er sagen, ist das gut?! Literarischer Witz. So bitte jetzt, Frau Dreher. Wir alle sind furchtbar gespannt.

Sommer 79, Winter 80/81